廚娘的美味人生
下

文創風
913

梅南衫 著

風 文創 913

目錄

第十八章

街坊鄰居給宋懷誠慶祝的當日，何間早早準備好了山海羹，姜不凡也準備了一大盆的辣子雞，讓何田和福姨帶去。

何間、姜不凡和何葉三人要去聿懷樓，姜不凡接手了一部分謝師宴的準備工作，因為不是平時慣做的重口味，需要重新適應而忙得頭昏腦脹。

何間和何葉則忙著根據宮裡送來的食材單，敲定最後的食單，給昱王試菜做準備。

宋懷誠的家裡，從下午開始就人聲不斷，周圍的鄰里早就從自家搬了桌椅過來，在院中甚至門口，三五成群聊著天。

而作為主人的宋懷誠卻是被晾在一邊，不過他也不介意，畢竟家裡除了學子來拜訪外，已經很久沒有如此熱鬧過了。

「宋大哥，我來了！」何田吵吵嚷嚷的衝進宋家的家門。

宋懷誠聽到何田的聲音，原本稍微有點低落的心情，不覺一振，不料門口卻只站了何田和福姨兩個人。

宋懷誠提起精神問候他們，但言語裡總是繞不開那個最近他一直在問的問題。「何田，何姑娘不來嗎？」
一旁早早就到的付嫣嫣，聽到宋懷誠只知道找何葉，氣得發抖。明明她人在這裡這麼久，卻始終入不了他的眼。
「我姊跟我爹去聿懷樓了，姜大哥也要去，他們真的好忙，我整天在家都見不到他們兩人。」何田為了寬慰宋懷誠，還補了一句。「宋大哥，我爹和我姊是在忙御宴的事情，之後你是不是也要參加？到時候你要好好品嚐他們忙了好幾個月的結果。」
宋懷誠想到當時何間替何葉拒絕自己的情形，閉了閉眼，穩定了心神，應了聲，繼續忙著接待客人。
此時，聿懷樓中，昱王和昱王妃已在雅間落坐，錢掌櫃正在稟報這段時間以來的帳目和即將呈上的食單。
昱王粗略掃了一眼食單，便遞給昱王妃。
昱王妃倒是仔仔細細從頭看了一遍，看著食單上的菜名，每一個都是討口彩的，金玉滿堂、蒸蒸日上……也看不出究竟是什麼菜，只能等菜上桌再評定。
今日試菜主要針對食單中的其中幾道特殊菜色，一些常規菜就沒必要再試。
聿懷樓的小廝將菜一一端上桌，昱王妃看著食單上抽象的菜名，化成面前的一道道菜餚。

「金玉滿堂」是蟹粉豆腐，這個季節吃蟹最好，錢掌櫃特意派人蹲在漁港，漁船剛靠岸就緊著挑選那些看著肥美的。至於御宴當天的蟹，自有膳食處供給。

而「蒸蒸日上」是清蒸魚，只用蔥、薑去除魚腥，加一點醬油蒸熟，又鮮又甜。另有「大展宏圖」，是紅燒小鮑魚和豬蹄，看著色澤鮮亮誘人，吃完滿口留香。

「花開富貴」是娃娃菜，將娃娃菜的根部切下來，橫截面宛若一朵盛開的花朵，菜葉在周圍擺了一圈，燙熟了淋上高湯，清爽又鮮香。

「這雖是普通的食材，但這菜名和樣子倒是下了一番功夫的。」昱王妃對昱王說道。

「父皇看了食單定會開心的。」昱王也笑著回應。

「這是何姑娘想出來的，說若是此番成功，之後也可以將這套菜定下來，作為套餐售賣。」錢掌櫃在一旁解釋道。

「可是何間師傅的女兒？」昱王妃在一旁好奇的問道。

錢掌櫃回答。「正是。」

「那待會兒可否讓我見上一面？」昱王妃對何葉很是好奇。

「妳見她做什麼？」昱王不解。

「聽著是個有趣的姑娘，見一見又無妨。之前比賽的時候匆匆就走了，人也沒見到。」昱王妃笑著挾了一筷子魚肉放到昱王的碗裡。昱王這才不作聲，決定隨著王妃的心思去。

後廚裡，小廉正拉著何葉在輕聲抱怨。「何葉姊，這蟹也太難拆了。」

「那也沒辦法。」就算是現代要吃蟹，也需要手工拆出來，要吃美食，總得先付出。

小廉將手伸到自己鼻子下聞了聞，嫌棄的拿開了，又將手伸到何葉鼻子下。「姊，妳聞聞，一股腥氣味道。」

「平時處理魚的時候，倒沒見你嫌棄。」何葉說道。

「總有點不一樣。」小廉歪著頭說。

「這蟹要是能做成蟹黃醬，光是拌飯就好吃了。」何葉想著，突然就嚥了嚥口水。

小廉被何葉一說，也想像了起來。「光是想到蟹黃醬，那真的太好吃了，拌麵也好好吃。就是剝蟹太麻煩了。」

何葉點點頭。原以為她爹帶她和小廉進宮準備御宴，是為了讓他們學習，沒想到本質還是讓他們二人當勞力使喚，像拆蟹這些相對細緻、會影響到菜品品質的事情，都需要他們二人一手包辦。

「別閒聊了。」何間走進廚房。「何葉，昱王妃說要見妳。」

小廉從一旁湊了過來。「只見何葉姊姊，不見見我嗎？」

何葉打趣他。「那你跟著一起來。」

小廉立刻搖了搖頭。「我還沒做好這個心理準備見皇家的大人物，我瞎說的。」說著就退回後廚。

剛見完昱王和昱王妃的何間，也沒想到昱王妃竟然會要求見何葉，只能在帶她去雅間的路上，再三叮囑，雅間裡的昱王和昱王妃是皇親貴冑，讓她說話動作都要小心，萬萬不可得罪貴人。

何葉想著何間也是擔心她，只能一一應下。

何葉進到雅間，依著古裝電視劇裡學的樣子，給昱王和昱王妃二人行禮。「見過昱王和昱王妃。」

「不用多禮，起來吧。」昱王妃溫柔的聲音響起。

何葉抬頭，只見上座的王妃一身繡花牡丹襖裙，衣服顯得華麗而又莊重，可是長了張可愛的娃娃臉，倒像是孩子偷穿了大人的衣服。

但想著平時聿懷樓的帳目都需要昱王妃過目，這昱王妃必定是人不可貌相。

「我聽錢掌櫃說那套餐制度，可是妳想的？」昱王妃問道。

「正是。」何葉參照現代飯店餐廳的宴席制度，按照套餐內的菜品數量制定價格，這樣何間就不必在每次過府辦宴席的時候，還要絞盡腦汁為其訂製。未來也可以直接將生辰宴、謝師宴、婚宴等套餐，直接安排進聿懷樓的銷售項目中。

雖然訂製顯得特別，但食單在客人府上和聿懷樓之間來回遞送，效率相對低下，而且每道菜的用料不同、工序不同，定價尤為困難。

何葉將她的想法講給昱王和昱王妃聽，昱王妃甚是滿意的點了點頭。「這樣看來倒是便捷不少。」

而一旁的何間和錢掌櫃則是替何葉捏了一把汗，看著何葉不卑不亢的在昱王和昱王妃面前侃侃而談，這才放下心來。

「既然如此，食單就沒有再需要修改的地方了，派人送給禮部過目，待膳食處決議後再交由皇上批閱，便可敲定。」昱王正色說道。

「那到時候可要麻煩何師傅和何姑娘了。」昱王妃笑著令下人給了何葉一袋賞錢，何葉看了看何間的眼色，才收下來。

錢掌櫃一行三人目送昱王上了馬車，今日的事情才算全部完結。

何間暗自舒了口氣，想著終於差不多都要塵埃落定了，只剩下去皇宮裡燒菜了，但他心裡總有點忐忑，希望不要發生什麼才好。

彥王府中，鎮國將軍李忠正坐在彥王身邊。

「將軍也知道，此次新晉科舉的宴席全權交給昱王作主。」彥王擔憂的說道。

「昱王為人殿下是知道的，皇上此番也不過是希望昱王日後能為太子效力。」李忠端著茶毫不在意的說道。「大皇子作為太子深得民心，自然不會有意外發生的。」

「那我豈不是沒有一點機會？」彥王說道。

「殿下還沒放棄嗎？我勸殿下趁早收了那條心思，當今聖上對三位皇子自然是一視同仁，想必定不會虧待殿下的。」李忠想著估計過不了多久，彥王的封地或許就出來了。

「將軍，彥王妃今日說特別想您，您要不去見見她？」彥王話峰一轉，將話題轉到了彥王妃的身上。

李忠又何嘗聽不出彥王的言外之意，這是拿他女兒在威脅他。

李忠不無惋惜的道：「我這個糟老頭子有什麼好見的？她也就鬧小孩子脾氣。」

當年彥王妃這個位置，還是自家女兒和夫人在他面前輪流哭來的，哭到他無可奈何，才去求皇上。他也勸過女兒，皇家並不像表面看起來的風光亮麗，但女兒自然是勸不住。

嫁進彥王府後，回家省親的時候，儘管常訴說多有不滿，但有彥王妃的名頭頂著，也不至於真的吃苦。

只是李忠向來不喜歡彥王，不像大皇子作為太子，一心撲在政務上，二皇子昱王則是有經商頭腦，這三皇子彥王高不成低不就，空有一副皮囊。

今日彥王借著彥王妃的原因，將李忠請來，只是李忠沒想到彥王依舊執迷不悟，他只盼彥王不要一錯再錯，連累自己便好。

李忠坐了沒多久，便向彥王稱累，要回去休息。

彥王看著李忠離去的背影，放在膝蓋上的手緊緊的握成了拳頭。

御宴的食單在禮部和皇宮轉了一圈之後，又回到聿懷樓，最終敲定下來。

禮部將各位新晉學子擔任職務的文書發放到各人手上，御宴只有一甲和二甲的學子得以參加，才有一睹聖顏的機會。

一時務城的大小驛站和客棧都人滿為患，不在都城務城上任的學子，需要在參加完御宴之後立刻趕往各地赴任。

宋懷誠和江出雲，兩人作為榜眼和探花，不出意外的被留在務城，收到吏部的官職任命函，將一同前往翰林院擔任編修的工作。

今年的狀元正是成編修的兒子，翰林院的眾人八卦之心正在熊熊燃燒，想看看這三人齊聚一堂會是怎樣的一個狀況。

但在看這個熱鬧之前，御宴那天率先到來。

禮部的官員提前三天就通知聿懷樓，將在御宴當日清晨派人來接何間等人進宮，從早上就開始準備晚上的宴席。

何葉想著畢竟皇宮不似其他地方，不用過夜也樂得輕鬆，免得夜長夢多，只要御宴當日沒有橫生枝節，聿懷樓之後必定聲名大噪，到時候肯定賺得盆滿缽滿。

真到那個時候，她存夠錢換間房子，也許還可以考慮嘗試開家私房菜。

到了御宴當日，何間和何葉天還沒亮就趕到聿懷樓，而後一臉惺忪的小廉也匆匆出現了。

何葉看著小廉揉著眼睛站在一旁，明明應該是像何田一樣在家睡覺的年紀，卻要早早出來打工。

另外幾位由錢掌櫃精心挑選、為他們打下手的人，也都早早等候在一旁。

沒過多久，前往皇宮的兩輛馬車就穩穩停在了聿懷樓的門口。

一位身穿藍色宮裝的領頭公公問道：「可是聿懷樓的何間師傅？若是的話，就上馬車走吧。」

何葉看著面前的公公，見對方趾高氣揚，但想著對方畢竟是皇宮裡的人，平時也是狐假虎威慣了。

何間按照之前錢掌櫃的囑咐，偷偷塞了一包銀子給那個公公，那人掂了掂分量，頓時換上了一副笑臉。「來來來，幾位都車上請。」

第一次坐馬車的小廉很是興奮，在馬車上東張西望，一刻不停的看著外面。眼看著皇宮近在咫尺，才依依不捨放下了簾子。

來到了皇宮偏門，何葉下車看著高聳的朱牆，萬萬沒想到她這一世還有機會能來到皇宮。

那位公公在進門前再三叮囑他們在路上眼神不要亂飄，萬一衝撞了貴人，可不是他們能擔得起的責任。

見數人都應下了，公公向守門的禁軍出示腰牌，幾人簡單的被走過場的搜了一次身才被放行進皇宮。

約莫走了一刻鐘，終於看到後廚的樣子，才發現皇宮裡膳食處的灶臺甚至沒有聿懷樓的多。

何葉想著，或許各個宮裡各自都有砌小灶，這個地方才顯得格外冷清，連油膩感都沒有，又或許是宮裡的清潔做得好。

膳食處負責的公公和宮女見何間等人到來，立刻將所有器具的位置都說明一遍，隨即退到一旁開始監督他們。

小廉平時雖然習慣被監督著工作，但這次換了個地方，一時不習慣。而且宮女和公公的眼神十分銳利，擔心他們行不軌之事，他現在的狀態就是手足無措。

何間和何葉倒是十分坦然，何葉注意到小廉的緊張，悄悄對小廉說：「不要管周圍的人，你就當他們大蘿蔔，一個蘿蔔占一個坑。」

小廉聽著何葉不著調的話語，不自覺放鬆下來，立刻專注在忙碌的準備工作中。

何間等人忙得暈頭轉向，就連中午送來的餐食，也只匆匆的吃了兩口，又投入備料工作中，這一忙，轉眼便是黃昏。

宮門外也已經停了不少馬車，這次御宴除了被邀請的新晉學子外，一品官員及其家眷也都應邀出席。不少官員是宮門處的守衛只看臉不看文牒就直接放行了，而新晉考上的學子們則站在宮門門口排成了長長的隊列。

寬陽侯府的馬車停在宮門口，頓時迎來了眾人的竊竊私語。

江出雲剛下車就受到無數的注目，他絲毫不受影響，轉身先將母親周婉扶下來。至於秦萍和江出硯，自然是沒有資格出現在這種場合。

「江兄！」江出雲不用回頭，就知道喊他的聲音是顧中凱。

江出雲禮節性的回應了顧中凱。「顧兄！」

顧中凱壓低聲音對江出雲說：「讓我也享受一下萬眾矚目的感覺。」

江出雲笑著對顧中凱一如既往的搞怪不置可否。

「江兄，顧兄！」

江出雲和顧中凱回頭看見宋懷誠往這邊來了，身上不再是粗布衣衫，應該是新購置的藏藍錦袍，衣服上一絲縐褶也沒有。

顧中凱上下打量了一下宋懷誠。「這身裝扮看著可真是英俊，宋兄之後應該多穿這種衣服。」

「是江兄謬讚了。」

一旁的周婉看著三人你來我往的互動，便悄聲對江出雲說：「娘不打擾你了，你既然進入官場，免不了要和人打交道，娘先進去，你和他們慢慢來。」

「好，娘，您自己當心。」

周婉聽著江出雲的關心，想著明明還是個孩子，現在卻能反過來照顧她，內心不無感慨，但現在也不是適合她感慨的場合。她交了文牒，由宮女帶入座。

江出雲、顧中凱和宋懷誠三人排在一眾學子的末尾，膽小一點的只能遠遠看著三人，而膽大一點的則是直接向三人搭話，他們三人也不介懷，與其他學子攀談起來。

等進了宴席入座，一品官員同此次的前三甲考生一同坐在前方單獨的桌子，後面則是數個大圓桌，讓眾人有機會互相交流。

當然也有例外，像是當朝丞相陶之遠同其妻簡蘭芝，簡蘭芝依舊像個木偶一樣，目光呆滯。

隨著皇上攜皇后入場，宴席拉開了序幕。下座的百官齊聲跪下，高呼著。「萬歲！」

「各位愛卿平身！」

「今日，諸位學子經歷多年寒窗苦讀，成為國家棟梁，希望各位在各個州府繼續盡心效力。」

眾學子就像排練好的一般，齊齊跪下。「謝皇上！」

這一來一去的形式走完，宴席正式開始，一道道冷菜從後廚端了出來，報上的菜名很陌生，上桌一看，有橙汁山藥、四喜福袋、涼拌珍菌……

江出雲看到這些聿懷樓的名菜也有一種熟悉感，想著這幾道菜正是當初何葉參賽時的作品。

宋懷誠心裡也是五味雜陳，沒想到何家看似普通的家常菜，這次卻以其他的風貌出現在自己面前，他突然意識到平時何師傅總是給他燒菜送飯，多少是有點大材小用。隨即又開始內心感嘆，光是這道涼拌珍菌，裡面使用的松茸、牛肝菌等，要價可能就是窮苦人家一年的收入。

皇后正在與皇上輕聲交流著今日的食單，點評著桌上的菜餚。而新晉的進士之間，也是觥籌交錯，熱鬧非凡。

突然席間一陣躁動，就連鎮國將軍李忠也未向皇上告知，徑直離席，隱隱約約還傳來「快宣太醫！」的女聲。

皇上終於注意到了下面的動靜。「何事喧鬧？」身邊的公公聽著下面宮女的稟報，趕緊湊在皇上耳邊說了幾句。

「竟有此事？孩子性命要緊，趕緊叫太醫來看看！」皇上立刻下令。

揹著藥箱的太醫一路小跑到席間，急急忙忙跑到皇上面前，剛要跪下，皇上卻讓他不要多禮，看孩子要緊。

因為這一插曲，一時間宴席也無法進行，眾人的目光都聚焦到女眷席，只見鎮國將軍李忠毫無平時的大將風範，只是緊張的抱著懷裡不停嘔吐的小孫子李團圓，拍撫著他的背。

太醫一見李忠如此緊張，只能輕聲的勸道：「將軍，請將孩子放一放，讓下官看一看。」

李忠這才放了手，李團圓此時早已沒了平日裡的活力，一張圓滾滾的小臉更是因嘔吐不止而顯得煞白。

太醫仔細診了李團圓的脈，看了看李團圓的舌苔，心下頓時有了主意。「將軍莫急，這只是輕微的中毒現象，讓孩子全吐乾淨，反而對孩子好，臣再開兩副藥，讓他喝下靜養，應該就無大礙。」

太醫剛說完，李團圓「嘔」的一聲，又開始吐了起來，李忠只能蹲下來輕拍著孫子的後背，不放心的將孫子交給了夫人，由夫人帶著去後殿休息。

見此情形，太醫連忙開出藥方，令公公交給正在御藥房值班的太醫，再將煎好的藥端過來。

皇上也記掛著席間的情形，立刻招來太醫詢問。「這孩子可有事？」

「回皇上的話，現在已無大礙，看上去只是輕微的食物中毒。」太醫回答道。

「放肆！」皇上突然大怒。「這聿懷樓的廚師竟然第一次入宮就發生如此事情，令無辜孩童受罪！」

眾人聽到皇上震怒，還未經歷過官場風雨的進士立刻跪倒一片，但坐著的人其中最為緊張的當數昱王和昱王妃。

昱王立刻上前跪在皇上面前。「父皇，這裡面定有蹊蹺，菜上桌之前都已經過銀針檢驗，不妨細細調查一番，再做定論。」

可是此時，孫子李團圓小身軀不斷嘔吐的樣子浮現在李忠面前，一時被憤怒蒙蔽了全部理智的他，立刻跪上前去。「臣要求嚴懲聿懷樓一眾廚師，包括膳食處所有人！」

氣氛在這一瞬間凍住了，皇上看著跪在下面的兩人各執一言，僵持不下。

第十九章

看著昱王和李忠之間的暗流湧動，皇上不言不語，其餘眾人將呼吸聲都放低了不少。

此時，江出雲卻上前，跪在昱王身旁。「臣斗膽，懇請皇上當場徹查此事。」跪在後方的江徵傑則是一臉怒容，不知道江出雲為何要蹚這渾水。

而女眷席那邊的周婉被手捏緊的袖口，透露出她的緊張。

「誰不知道你江出雲是聿懷樓的常客，與聿懷樓的人交好，自然要為其開脫。」李忠憤怒的說道。

「在皇上面前，想必還沒輪到李大將軍全權作主的分。」江出雲頓了頓。「既然事情在宴席上發生，相信相關證據必定還保留著，若是時間拖得越長，怎知證據不會被銷毀？」

一旁一直跪著的陶之遠，看著江出雲年紀輕輕就敢頂撞李忠，也沒有被李忠的氣勢壓倒，想著不愧是侯府後人，勇氣可嘉。

皇上不表態，這二人劍拔弩張的氣氛就僵持著，陶之遠決定出來當這個和事老。

「皇上，臣覺得江編修說得有理，現在眾人都在場，有任何證據自然可以立刻提出，若是下獄之後再徹查，恐怕再生事端。」

「那就將膳食處的眾人都宣上來，朕親自審問，在場這麼多才俊，可以出謀劃策，朕相信定能得出一個結果。」

在等著膳食處眾人到宴席來的間隙，皇上令所有人復歸原位，宴席上早已沒了之前喧鬧的氣氛，仿若一灘死水一般。

只有昱王、江出雲和李忠三人依舊僵持，站在席前。

何間、何葉、小廉和聿懷樓的其他廚子，以及膳食處的公公和宮女，都被帶上來，這麼大的陣仗，就連一直呆呆的簡蘭芝也往那邊看了一眼。

眾人見到聖上都齊齊跪下，何葉想著剛才在路上，聽著公公講的召見他們的原因，是因為有人嘔吐不止，食物中毒，她也不得已在封建勢力面前低頭。

皇上看著面前跪著的穿著粗布衣衫的人，不僅有年長的何間，還有年輕姑娘，想著這聿懷樓的構成人員倒是豐富。

「都起來回話吧。」皇上說道。「何掌勺，與朕也是許久不見了。」

何間驚慌的向前跪下。「草民惶恐。」

「起來吧，跟朕講講都怎麼回事？」皇上一轉剛才的震怒，和藹了起來。

「恕草民斗膽，草民並不清楚此事，但草民能保證在烹飪的過程中，絕對不存在任何失誤。」何間據實以告。「何況有膳食處的各位大人監督，若是有任何小動作自然會被發現，還望皇上明察。」

皇上聽了何間的一番話，倒也說得有理有據。

「你放屁！既然太醫說了團圓嘔吐的原因是食物引起，自然是你們的過錯！」李忠此時已經顧不得殿前失言，只希望將面前這些人統統拖下去打一頓，這樣就能逼出實話。

何葉的耳朵敏銳的捕捉到了「團圓」二字，瞬間和一個跋扈小孩的胖嘟嘟的臉對了起來，那個孩子若因為吃食而出了什麼事，也沒有什麼好奇怪的。

見何間只是低著臉也不回答，李忠更是氣急敗壞，想要衝到何間面前，大有意圖拎著對方領子詢問的態度。

同一時間，江出雲和何葉都動了，江出雲攔住了李忠的步伐，何葉則是從何間剛才給她安排的後面的站位，衝到何間旁邊跪下。

「民女何葉有一言不得不說，斗膽請皇上聽民女一言。」何葉鼓足勇氣說道。

江出雲沒想到何葉會衝到前面來，攔著李忠的動作也是一僵。

宋懷誠看著跪在地上的何葉，滿臉擔憂之色。

丞相陶之遠看著跪在地上的何葉，想著這姑娘倒是個有孝心的。

陶之遠身旁的簡蘭芝直勾勾的盯著跪在地上的姑娘，突然有了反應，嘴裡喃喃的說：「葉葉，葉葉……」

這個名字的出現，令陶之遠大為驚訝，這是簡蘭芝已經許久都不曾提到的名字。

陶之遠還沒反應過來，簡蘭芝就從座位上如離弦之箭般衝了出去，抱著何葉不放手，還哭喊著。「葉葉，我的葉葉！」

陶之遠見夫人失態，立刻衝了出去拉住她。「蘭芝！」

卻沒想到簡蘭芝抱著何葉，無論如何不肯撒手，何葉顯然也被嚇到了。

陶之遠立刻向皇上跪了下來。「請皇上恕罪！」

簡蘭芝像是突然恢復理智一般，對著陶之遠開始哭了起來。「之遠，這是我們的女兒，這是我走失多年的女兒啊……」

何葉剛才跪下的時候，頭髮從面頰兩側滑落，正巧露出了白皙的脖頸，而那一片荷葉般的胎記剛好被簡蘭芝看見，也就有了現在這麼一齣。

「朕記得愛卿的女兒不是寄養在家鄉？何來這一說？」皇上對簡蘭芝突如其來的舉動也感到不解。

簡蘭芝抽泣的說道：「當年清君側一事，我也隨眾人來了務城，來找之遠，可是中途卻與隨行的人走散，我孤身一人抱著孩子只能躲在山洞裡，沒有吃的，沒有喝的，帶著葉葉走山路又不便，只能將她放在山洞裡，獨自去尋找食物，卻在山裡迷了路。幸好遇見好心的村婦帶著我走了許久，但再回到山洞，孩子已經不見了……」

簡蘭芝哭到哽咽，已經無法再言語，陶之遠替簡蘭芝繼續說了下去。「等蘭芝再找到臣的時候，已經是精神恍惚，只知道喊著葉葉的名字。這麼多年來，不是沒有想過找這個孩子，只是一再有人冒認，才謊稱女兒在家鄉生活。」

陶之遠邊說著也無限感慨，想著若是知道葉葉在務城，大肆尋找，會不會這孩子就能早點回到他們的身邊。

站在一旁一心要為孫子討回公道的李忠，顯然也沒想到事情的走向竟會是如此。

身為這場鬧劇主人公的何葉，被一番話砸得暈頭轉向，那她來到務城，一開始對何間和何田血緣之間的熟悉感，莫非只是為了說服自己能在這個朝代安心生活下去的藉口？

皇上也對此番鬧劇般的場景多有不滿。「都給我一件件事情說清楚，先將將軍的事情解決了，再處理丞相家的家務事。跪在地上那個小姑娘，妳要說什麼？」

何葉被皇上的話拉回了思緒。「聖上，將軍孫子中毒這件事，還望聖上明察。民女曾多次見過李將軍的小公子，小公子對吃食一向來者不拒，許是誤食某種吃食，才導致這種情況。」

「妳這是說在場的眾人都有嫌疑？」李忠怒氣沖沖的對著何葉大吼。

何葉迎著李忠的目光一字一句的說道：「李家小公子貪食，若是見到喜愛的吃食，甚至會問人討要，難保有心人不會在這其中動了手腳，李將軍有空在這裡質疑聿懷樓，不妨派人去問問小公子可在參加宴席前吃過其他食物？」

李忠看著何葉一字一句鏗鏘有力，一點也不懼怕，冷哼一聲。「憑妳一面之詞，怎知不是為了妳和妳爹開脫？」

「李將軍，冷靜一點，不妨派人去問一下小公子再做定論。」站在一旁的江出雲好言寬慰道。

昱王立刻派了下人前往後殿詢問。

「一丘之貉！」李忠怒道。

在等待詢問結果的間隙，皇上也不浪費時間。「這陶愛卿家說妳是他女兒，妳可知情？」

「民女不敢認，也不敢高攀。」

自從簡蘭芝衝出來的那一剎那起，何間就知道有些事情是再也瞞不住了。

「草民有幾句話想斗膽問問丞相大人和夫人。」何間適時的開了口。

「但問無妨。」陶之遠回答，半靠在他身旁的簡蘭芝用手帕掩著面，點頭表示贊同。

「二位可記得，當年女兒身上有沒有什麼信物？」何間問道。

「記得！有個黃金打造的長命鎖，上書福字，可對？」簡蘭芝開口搶答，她生怕自己晚說一個字，何葉就會從她面前再一次消失。

一旁的何葉聽著這三人的一來一往，突然有種塵埃落定的感覺，看來自己就是當年被丟失的那個孩子，何間接下來的話更是證實了這件事。

「草民當年正是在山洞裡撿到我現在的女兒何葉，而長命鎖的樣子也與丞相夫人說的一致。」

何間這句話一出，現場的所有人都沒有料到，真相竟如簡蘭芝所言，許多人都以為簡蘭芝又受了刺激而瘋言瘋語。

聽到何間承認，簡蘭芝看著跪在地上的女兒，更是淚如雨下。這麼多年過去了，沒想到自己還能有緣找回孩子。

當年丟失女兒，起初簡蘭芝一直不願接受事實，時間久了，她意識到女兒是真的不見了，從那以後總覺得生活無趣，整日也不願說話，渾渾噩噩，活在自己的世界中，好在有陶之遠悉心照料。

陶之遠顯然也沒料到時隔這麼多年還能找回女兒，同樣老淚縱橫。

此時，昱王派往後殿問話的公公也回到了宴席上。

見人回來，昱王急於證明聿懷樓的清白。「如何？」

「昱王殿下，小李公子說他曾經喝了碗紅豆湯，但是覺得難吃又吐了出來。」公公如實稟報。

「何人給他喝的？」昱王著急的問道。

「說是下午隨將軍夫人拜訪瑩貴妃的時候給他喝的。」公公回答。

瑩貴妃正是彥王的生母，也因著這一層關係，將軍夫人才會帶著李團圓去拜訪瑩貴妃。

皇后聽到瑩貴妃的名字，眉頭緊鎖，顯然沒想到此事還與瑩貴妃扯上關係。

見一時無人說話，江出雲便道：「敢問公公，瑩貴妃的小廚房裡可否還有剩餘紅豆湯，若是還有，請太醫一驗便知。」

「已經派人去取了，想來也快拿來了。」

昱王暗自讚賞這位公公做事俐落，不多時，另一位公公就捧著一小碗紅豆湯上來。

何葉也暗自慶幸這碗紅豆湯沒有被處理掉，不然聿懷樓眾人就要陷入百口莫辯的困境。

太醫接過公公手裡的碗，先是聞了聞，味道並無特殊之處，不是烈性毒藥。再用勺盛起紅豆看了看，臉色頓時一變。「此湯有毒！」

還未來得及聽太醫繼續說下去，皇上震怒道：「立刻宣瑩貴妃。」

彥王連忙跪下求情。「父皇，兒臣認為母妃絕對不會做出此事。」

「此刻斷言還早，不妨聽聽太醫怎麼說。」原本就在氣頭上的皇上看到彥王也摻和進來，怒意更甚。

彥王一聽皇上的口氣便覺不妙。

此時太醫繼續說道：「這紅豆湯看似無異，但這碗下面沈著的紅豆，實則是相思子。看這兩種紅豆顏色不同，紅豆呈暗紅色，而相思子則是正紅色，上頭會有黑色的小點。」

何葉一聽就明白了，相思子顏色鮮豔亮眼，也有人用來串成手鏈，而平時用來熬紅豆湯的則是紅小豆，兩者雖然都可稱為紅豆，但相思子含有劇毒，兩者千差萬別。

太醫喘了口氣，繼續說：「這相思子有毒，誤食輕則嘔吐腹瀉，重則一命歸天。」

李忠聽了這話，想著李團圓也是福大，才撿回一條命，倔脾氣一上來，就衝著皇上跪下。「皇上，臣效忠皇上多年，臣懇請皇上還臣孫子一個公道。」

皇上看著跪下的李忠，想著李忠和陶之遠二人遠從封地追隨他來到務城，一路上三人那是情同兄弟。

「將軍，先起來吧，等瑩貴妃過來，問清楚再做定論。」

「皇上今日若是不給臣一個交代，臣便不起。」李忠說道。

皇上見李忠如此，不覺怒火中燒。「你要跪就跪著。」

一旁的簡蘭芝則是目不轉睛看著何葉，見何葉應該沒了嫌疑，就想去拉她，卻被陶之遠攔著不讓她上前，免得給本就夠亂的局面繼續添亂。

身穿深藍色華服的瑩貴妃姍姍來遲，妝容沒有一絲瑕疵，神色也沒有一絲慌亂。

「臣妾叩見皇上，吾皇萬歲。也見過皇后娘娘。」瑩貴妃行了個萬福禮，盈盈起身。「臣妾在來的路上已經聽聞了傳召臣妾的緣由，臣妾已經將宮裡小廚房所有人帶至此處，若是有疑問，不妨當場問清楚，也好洗清臣妾的嫌疑。」

瑩貴妃一番話說得天衣無縫，讓人找不出什麼錯處。

瑩貴妃宮裡的人跪倒一片，昱王此時只能向皇上稟明，不得已的越俎代庖，向瑩貴妃宮裡的人問道：「今日是誰負責熬煮紅豆湯的，將全部過程一一道來。」

一位梳著兩個圓髻的年輕宮女跪著向前挪了兩步。「是奴婢，今日是奴婢聽從貴妃娘娘傳的令，燒了紅豆湯。」

昱王不給宮女喘息的餘地。「紅豆湯本來是熬給誰吃的？妳可是親自送去給瑩貴妃？」

「這紅豆湯本就是熬給娘娘吃的，是娘娘派了身邊的公公來廚房取的，奴婢絕對沒有在湯裡動手腳。」宮女嚇得連磕了好幾個頭。「今日紅豆湯多了，奴婢也偷偷喝了一小碗，還望皇上恕罪。」

「妳說的可是實話？」昱王繼續追問。

那個宮女將頭在地上磕得砰砰響。「奴婢不敢有一句假話，奴婢家裡都等著奴婢寄錢回去，還請殿下和皇上留奴婢一條命。」

而一旁跪著的公公顯然知道矛頭即將對上他，自覺的向前爬了兩步，慌張的說道：「奴才什麼也不知道，只是瑩貴妃讓奴才去取，奴才就去了。」

瑩貴妃冷眼看著平時一直熱衷表忠心的小公公。「哦，這麼說來還是本宮的錯？」

「奴才不敢，奴才不敢。」那公公也是一個接連一個的磕著頭。

審問的進度一時陷入了僵局，此時江出雲站了出來。「皇上，若是在場的眾人有嫌疑，說不定身上會有所線索，不妨搜身試試。」

皇上被下面的一群人鬧得頭昏腦脹，不欲作聲，揮手示意照著江出雲所言去辦。

大家還未有所動作，剛才那個公公突然「撲通」的跪在地上，摸索著從懷裡掏出一個扁平的紙包。「奴才坦白！奴才全都說！是彥王殿下讓奴才這麼做的！說今日知道小李公子會進宮，便讓奴才想辦法放進小李公子的吃食裡。」

這一句話，將眾人的目光引向了彥王身上。

何葉聽了這位公公的話，內心不解，她想不通彥王為何要這般冒險，讓他母妃宮裡的人動手，若是那位公公辦事不當，事情一旦敗露必定引火上身。此外，她也不懂彥王為何要加害這麼小的孩子。

「放肆！你好大的膽子！竟然把手伸到後宮裡！」皇上還沒聽彥王的辯駁，就氣得將手中的琉璃杯往彥王身上扔。

琉璃杯偏離了軌跡，碎在彥王的膝蓋邊。

第二十章

「孽子！」皇上似乎已經默認此事為彥王所為。

「父皇若認為是兒臣所做，那兒臣只能認下。」彥王的語氣中也帶有幾分的諷刺。

「現在人證物證都有了，你還要如何狡辯？」皇上怒道。

「那敢問父皇，為何不會覺得是這個奴才空口造謠，不妨請公公說明在何時何地與我見面？」彥王目光冷冽的看著跪在地上的公公。

此時，公公將當時在後花園與彥王見面的事情詳盡道來，而此時皇后身邊的宮女悄悄的對著皇后說了幾句話。

皇后揮了揮手，讓她跪到前面。

「奴婢斗膽，正如這位公公所言，奴婢當時路過後花園，也看到了彥王殿下和這位公公說話，奴婢當時以為彥王殿下是要提醒下人多多照顧瑩貴妃，因此並未放在心上，經由這位公公一說，就想了起來。」

此時，瑩貴妃原本高傲而平靜的臉上，也出現了一絲裂痕。「臣妾懇請皇上念在小李公子目前無礙的分上，從輕處罰彥王。」

瑩貴妃的話無疑是雪上加霜，彥王不可置信的看著他的母親，這句話相當於坐實了他的罪行。

都說天家無情，何葉今天算是見識到了，瑩貴妃第一反應竟然不是相信彥王沒有做出這種傷天害理的事情，而是替彥王求情，借此撇清關係，保住自己的地位。

「你可還有話說？」皇上問著跪在下面的彥王。

「兒臣無話可說。」彥王這一句話裡既有不甘，又有恨意。

「李將軍希望朕如何處置彥王？」

李忠沒想到結果竟是如此，只是拒絕彥王的同盟邀請，彥王就選擇報復。但他也意識到自己今晚難免過於衝動了，此時理智終於得以歸位。「願交由皇上定奪。」

「那就將彥王暫時幽禁於府中，等到什麼時候反省了，再出來。」皇上宣佈了彥王的處罰。

李忠也知道這已經是當下皇上能夠給出的最妥當的處罰，無論如何，彥王都是三皇子，在新晉學子面前得此下場，已經是顏面盡失。就算再不喜彥王，畢竟彥王妃也是自己的女兒，若是波及到整個彥王府，女兒也落不得好。

「臣謝主隆恩。」李忠叩首。

「這件事情算是解決了，那現在來解決陶愛卿的事情。」皇上撫了撫額頭。「陶愛卿，你現在有何打算？」

「女兒多年不在我們身邊，我們自然願意接回。」陶之遠連忙說道，簡蘭芝的目光則是黏在何葉身上未曾離開。

「那這陶愛卿的女兒，妳怎麼想？是打算跟陶愛卿回丞相府，還是繼續當妳的聿懷樓廚娘？」皇上問道。

何葉茫然的在丞相夫婦和何間之間來回張望，也是沒了主意。

還是皇后看出了何葉的無助。「皇上，逢此變故，給這姑娘一些時間接受，不妨讓她先回自家，仔細想想，容後再作打算。」

「皇后說得有理，這畢竟算是兩家的家務事，那便自行處理，朕不再多做干涉。」皇上說道。

眾人謝過皇上，皇上稱乏了，留下皇后主持剩下的御宴。

皇后溫婉的說了幾句話，話裡話外，主要的意思是眾位學子未來都是官場裡的人，今晚的話該說和不該說的，都應該心裡有底，接著宣佈宴席繼續。

何葉現在則有些茫然，一旁的陶之遠和簡蘭芝想要過來扶她起來，卻又不敢上前。

江出雲上前，何葉想著剛才江出雲替聿懷樓說話的分，虛扶著他的手站了起來，揉著發麻的膝蓋，想要去扶何間起來。

何葉剛上前去，手就被推開了。

昱王也想要過來將何間攙扶起來，何間連說不敢，扶著地面努力站了起來，對著昱王說：「昱王殿下，這菜還沒上起，小的就先回廚房了。」

說完，連一個眼神也沒給何葉，轉身就離開。

何葉急忙追上去。「爹！」

簡蘭芝看著何葉離開的背影，只能默默垂淚。

從宴席離開的皇上，屏退周圍服侍著的人，一個人來到宮中最為偏遠、荒草叢生的別宮。

門「咯吱」一聲被推開，一股悶著的酒氣撲面而來。

房間裡堆著各種吃剩的飯菜，地上橫七豎八倒著不少酒罐子，皇上繞過這些雜物，走到床邊。

床上的人佝僂著身子，懷裡還抱著酒罈，聽到腳步聲，才在床上翻了個身。「誰來了？可是來給我送飯的？」

「是我。」皇上開口接了話。

床上的人見了皇上也沒個正形，依舊懶洋洋的說道：「怎麼？給我帶酒來了？」

「沒，別整天喝酒了，像個人樣。」皇上坐在床邊看著頭髮雜亂的哥哥，絲毫看不出他曾經的帝王風範。

「人樣？在位的時候，都說我沒個明君樣子，整日就知道花天酒地，現在外面的人也不知道我是死是活，終於過著我想要的日子，你讓我像個人樣？」床上的人發出陣陣大笑。「我這日子好得很，有酒就能過。」

皇上坐在他的床邊默默嘆氣，想著或許該派幾個人來服侍，畢竟這人已經受夠苦了。

床上的人咳了兩聲。「來我這裡不帶酒做什麼？」

「沒事，就是閒著沒事過來看看。」皇上說道。

「你什麼時候撒謊連草稿也不打？」這人說話絲毫不顧忌皇上的身分，肆無忌憚。

「你都知道。」皇上苦笑著說。

「你別一內疚就往我這兒跑，我不想聽你整天訴苦水，你能留我一命，讓我在這荒蕪的宮殿老去，就很好了。」床上的人依舊沒有打算起來的樣子。

「你真的不想再幫我處理政務？」皇上說道。

「你放屁！我一個字都不想多看，也不想見到那幫老頭子，別人不知道，你還不知道嗎？」那人猛地坐起了身。「當年那些課業，不都是你偷偷幫我做的？」

皇上回去的路上，想著是否因為自己當年的決定，才造成陶之遠一家女兒失散多年？是不是因為他當年野心畢露，才造成幾個孩子對這個位置明爭暗搶。

走到寢宮附近，皇上一改原本脆弱的神態，換上了原本的嚴肅的面容。

等菜全上完，廚房的忙碌告一段落，何間拖了張竹編的椅子坐在一旁，聿懷樓其他的人見氣氛沈悶，沒有一人敢開口說話。

何葉看著何間的樣子，眼裡噙著淚水，輕聲的喊著。「爹。」

何間抬頭，微笑的看著何葉。「養了這麼大的女兒，終於找到了親生父母，真好啊。」

何葉聽了，哽咽得說不出話來。

這個時候，昱王和江出雲來到後廚，看著這情形，也不好開口。

何間一拍大腿站了起來。「今晚這一齣，大家也是累了，抓緊時間收拾了，好早點回去休息了。」

何葉淚眼矇矓的收拾著東西，想要往何間身邊湊，何間卻一副不願意理睬她的樣子，但凡何葉靠近一點，何間不是背過身，就是躲開了。

何間見何葉實在是阻礙著大家的行動，只能對江出雲說：「江公子，能不能麻煩你先把我女兒，不，陶小姐先送回何家。」

昱王表示他作為聿懷樓的主人，今日這件事情，或多或少對在場眾人都有些影響，因此，他要留到最後，將聿懷樓眾人都平安送回去。

江出雲聽出昱王話裡的意思，是讓他先送何葉回去，但他看出何葉顯然沒有想走的意思。江出雲顧忌不了許多，只能拉著何葉先離開，何葉邊走邊一步三回頭的看著。

等何葉離開，何間也頓時洩了氣，原本挺直的肩膀一瞬間垮了下來。

江出雲拉著何葉一路徑直離開皇宮，來到了朱牆之外。

何葉掙脫江出雲抓著她的手，淚眼婆娑的對江出雲說：「我爹怎麼不睬我了？」話才說完，就不顧形象的蹲在地上，埋著頭哭起來。

這時，宴席已經散場，三三兩兩的新晉學子紛紛成群結隊的走了出來，看到這邊的動靜，無不側目。

只是看清對象，都默默的離開，無一人敢上前。

這時宋懷誠也隨著成敬賢一同出了門，只是宋懷誠心裡掛念著何葉，對成敬賢說的話只是敷衍對待。

「你看那裡，是不是江探花和一個姑娘在一起？」成敬賢說道。

順著成敬賢的目光看去，映入宋懷誠眼簾的就是一個姑娘正蹲在地上哭，而江出雲陪她一同蹲著，原本米色的衣襬墜在地上，沾染上塵土，也絲毫不在意。
宋懷誠猶豫了一瞬，對成敬賢說道：「成狀元，我們還是走吧。」
「是，走吧。」成敬賢答道。
宋懷誠將那二人的身影留在了背後，強忍住了走過去的衝動。
何葉哭得抽抽嗒嗒，江出雲只能輕聲的安慰她。「這件事對妳來說很突然，對何師傅來說也很突然，妳給何師傅一點時間，也給自己一點時間。」
此時，顧中凱也隨著一眾學子走了出來，他心裡想著大概不出三日，今日御宴的事情就該傳遍務城的大街小巷，成為每一位茶樓說書先生的絕佳題材。
他一眼就看到蹲著的二人，在眾人都紛紛表示要離去的時候，他絲毫不在意的走了過去。「你們二人蹲在這裡，可是這地上掉了金子？」
何葉聽著有其他人往這裡來了，胡亂的抹了把臉，站了起來。
江出雲也站了起來，將何葉擋在身後。
顧中凱識相，知道現在不是個聊天的好時機，便開口說：「這是要回去吧？走吧，怎麼，你們難道還打算走回去？那第二天腿可就不是自己的了。」
何葉顯然沒心情聽顧中凱開玩笑，只能扯出一個比哭還難看的笑容。
顧中凱將二人送到寬陽侯府的馬車前，並對江出雲表示，會將他母親送回侯府，讓他不用擔心。

馬車骨碌碌的向前駛著，何葉卻沒有說話的心思，江出雲也只是在一旁默默的陪著她。

不多時，馬車停在知巷巷口，此時已是深夜，何家已經看不見燈火。

江出雲將何葉送到門口，何葉猶豫著，江出雲替她推開了門，領著她坐在石凳上。

「妳現在也睡不著，估計要等何師傅回來，和他談談，坐著吧，我陪妳。」江出雲一撩衣襬，坐在了何葉的對面。

何葉默默點了點頭，此時她也沒有招待客人的心思，只是覺得今夜格外漫長。

知巷的遠處傳來了陣陣蟬鳴，何葉和江出雲等了約莫一個多時辰，才等到何間回家。

江出雲見何間回到何家，就表示要告辭，他在何家的木門前站了一會兒，默默的離開了。

何葉見到何間的一瞬間，在剛才一個多時辰中打好的腹稿全部都消失不見，整個人被一種不知名的情緒所淹沒。

何間看了看何葉，只說了一句話。「有什麼事，明天再說。」

將何葉一個人留在原地，回到房間的何間，從箱子深處找出那個以為要藏一輩子的秘密，將木匣子打開看了看，又合了起來，深深的嘆了口氣。

何葉在床上翻來覆去，一夜未能成眠。

聽到隔壁「吱呀」的門聲，何葉一股腦兒從床上爬了起來，擔心何間會為了躲她，而早早出門。

何葉發現是打算準備早飯的福姨，愣了愣，而何間這時候也開了門。

何葉看到的是掛著濃重黑眼圈的何間，抱著一個木匣子站在她房間門口。「醒了？洗漱一下，出來談談。」

何葉胡亂的在面盆裡擦了把臉，坐到何間身邊。

何間也沒說話，只是將剛才捧著的盒子推給何葉。「這裡面是妳小時候戴著的長命鎖，現在也是時候物歸原主了。」

看著面前的木盒，何葉猶豫著打開了，從裡面拿出那個被布包著的長命鎖，這個長命鎖一封存就是十多年，上面看不出任何歲月留下的痕跡。

「妳也算與我們家有緣，這一待也是這麼多年，如果不是因為這次揭露了這個秘密，到死我也會隱瞞下去。」何間見何葉不作聲，只能接著剛才的話頭繼續說下去。

「以前覺得妳對做菜也算不上有天賦，沒料到之前一得風寒，倒更顯得像我們家的孩子了。」

「爹……」何葉開口叫了一聲。

何間反過來安慰她。「別喪著個臉，我養大的女兒，可是當今丞相的女兒，這可真是出息。想必丞相府這幾日定會派人來接妳的，妳就去吧，回到親生父母身邊，總比在這破舊的房子裡待著好。」

「我可以不走嗎？」何葉說出了心中的疑問，她好不容易才適應在務城的生活，有了可以安心生活的地方，但現在她又將面臨一個新的身分、新的地方，難免不安。

「瞎說什麼？讓妳去，妳就去，丞相夫婦必然會對妳好的，昨日妳看他們二人多擔心妳。」何間假裝訓斥道。

「那聿懷樓的事情……」何葉將另外一個擔心說出了口。

「妳去丞相府是去當千金小姐的，就應該跟那些大家閨秀一樣，整日賞花喝茶，出去遊山玩水，偶爾去茶樓、酒樓的包廂裡坐坐，而不是在煙燻火燎的地方受苦受累。」

何間也沒想到，何葉還會對聿懷樓的工作有所留戀。

「如果我能說服丞相夫婦，還能回聿懷樓嗎？」何葉對是否能在聿懷樓工作的事情十分執著，畢竟她始終認為，還是要有獨立的經濟能力。

「回什麼回？妳回了丞相府最好連何家也別回！」何間賭氣般的說出了這句話，他只是希望何葉能有更好的歸宿。

何葉知道何間說出這番話來，並不是真心的，但還是不免傷心，低垂著頭說道：「我知道了。」

何間看著何葉傷心的樣子，還是於心不忍，才開口說：「要是丞相府過得不好，妳就回來，就多個人，多雙筷子的事，屋子反正本來也就空著。」

聽完這話，何葉眼眶紅得更加厲害了，一副馬上要哭出來的樣子。

只不過這時，福姨從外面買了大餅、油條回來。「喲，就差何田這小子沒起了，我去叫他起床。」

福姨看何葉和何間之間氣氛似乎不對，再聯想到外面的傳言，心裡也有了底，便不再多說話。

可是何田卻是個沒神經的，揉著眼睛出門看到何葉在哭，就大驚小怪的叫道：「姊，妳怎麼哭了？是不是誰欺負妳了，我替妳去欺負回來！」

何葉頓時破涕為笑，笑著輕打了一下何田。「怎麼這麼說話，跟混混似的。再說，誰能欺負到你姊頭上來？」

「那倒是。」何田若有所思的點了點頭。

何間將何田拉到一邊坐下，何田看著他爹以從未有過的嚴肅表情跟他說話的時候，他突然有點犯怵，畢竟，催他學習的時候，他都沒見過他爹這麼可怕的表情。

何田聽完何間的一番話，嘴巴張得能立刻塞下一個雞蛋，原來，他的姊姊跟他並沒有血緣關係?!

再一反應，他姊一直對他這麼好，他以後在私塾裡豈不是可以橫著走，同一條巷子裡的榜眼宋懷誠是他大哥，丞相女兒是他一起生活多年的姊姊，按這兩個人的性格，都是重情重義的，他這日子可真是要飛黃騰達了！

何田腦海中不斷暢想著一些不切實際的光景，嘴角不自覺也帶上了竊笑。

何間一拍何田的腦袋。「別以為我看不出你在想什麼。」

「爹，我也沒想什麼。」何田揉著腦袋，委屈巴巴的轉過頭對何葉說：「姊，那妳是不是要搬去丞相府邸了，那我以後能找妳玩嗎？我也想看看那氣派的宅子裡面是什麼樣的！」

何葉還沒點頭答應，就被何間搶了先。「去什麼去？那是你隨便去的地方嗎?!你去幹麼？」

「我就是想見識一下。」何田縮了縮脖子，悄悄對何葉眨了眨眼說：「姊，妳會同意的吧？」

何葉點了點頭，何田頓時興高采烈的跑到灶臺邊，幫忙把早飯的豆漿端過來。

何家的早飯還沒吃完，丞相府的馬車就已經停在了知巷巷口，車上的簡蘭芝人還沒下來，但簇擁著大團牡丹花圖案的裙襬已經先讓人窺見了。

簡蘭芝一下車，路過知巷的人，難免多瞧上兩眼，平時雖然有錦衣華服的人出入於此地，但都是男子居多，少見這樣的貴婦人。

來到貼著已經略顯陳舊的春聯的何家門口，簡蘭芝詢問身後跟著的寧嬤嬤。「可是這家？」

「是的，就是這家。」

簡蘭芝聽見門內傳來的歡笑聲，想要扣門環的手停住了。

寧嬤嬤一見簡蘭芝猶豫了，便僭越的替簡蘭芝敲了敲門，簡蘭芝向寧嬤嬤投去感激的一眼。

福姨急急忙忙出來開門，嘴裡還有沒嚥下的油條，含糊的說著。「來了！來了！」一開門，看到與她年齡相仿的貴婦人站在門外，也是一愣。

「這裡可是何家？」寧嬤嬤率先開口，打破僵局。

「是，可有什麼事情？」福姨還有點回不過神來。

寧嬤嬤溫和的說道：「介紹一下，這位是丞相夫人，陶夫人。我是陶夫人的嬤嬤，寧嬤嬤。」

福姨瞬間理解了對方的來意，將門敞開了點。「夫人請進。」

門裡門外的話也盡數傳到何葉他們的耳朵裡，何田悄悄的說：「姊，是不是妳娘來了？」說這話的時候，帶著幾分好奇，也帶著幾分羨慕。

簡蘭芝簡單打量了一下何家的環境，神色裡既沒有鄙夷也沒有嫌棄，她只是想到了以前，陶之遠還沒有官拜丞相的時候，住的也是這種屋子，頗有幾分懷念。

寧嬤嬤將食盒放到桌上的聲響，才將簡蘭芝的思緒拉了回來，她溫和的笑道：「這是從點心坊買的剛出爐的綠豆酥，還熱乎著，不妨趁熱吃。」

說著打開了食盒，散發出綠豆酥特有的清淡香氣，簡蘭芝招呼眾人快吃。

何葉見何田饞得不行，便抓過一塊，陪著何田一起吃。

剛抓到手上，綠豆酥金黃酥脆的表皮就開始往桌面上掉碎屑，一口咬下去便能吃到綠豆搗成泥後綿密的口感，清爽之中帶著一絲的甜味，並不讓人覺得發膩。

福姨當然看出簡蘭芝來何家，顯然不只是來送點心這麼簡單，於是拉著何田說要出去買菜，而何田則一臉留戀的看著桌上那盒綠豆酥，默默祈禱著等他回來的時候綠豆酥還有剩下的。

他們二人一走，氣氛瞬間凝重起來，簡蘭芝和何間都在等對方先開口。

最終還是簡蘭芝先開了口。「那個……之遠他有事，先去了趟禮部，應該過不了多久，就會過來。」

「夫人，何葉既是你們的親生女兒，我自然不會強留下她，只是……」何間還是決定快刀斬亂麻，將簡蘭芝心中所想都說了出來。「這事情發生得突然，給何葉幾天時間，讓她收拾一下，她自然會跟妳回到丞相府。」

簡蘭芝一聽到這句話，心中懸著的石頭瞬間著了地。她這次前來，就是想著要如何勸說何葉跟她回丞相府，她不想讓何葉認為她和陶之遠是不負責任的父母，這麼多年來，對孩子都不管不問。

身為此事主角的何葉也開了口。「我可以去丞相府住，但這裡我還能常回來看看嗎？」

何葉答應回丞相府，也是想著簡蘭芝這麼多年，因為女兒不見，而飽受心魔折磨，對她有幾分憐惜，更何況她並非這具身體的原主人，既然古人說身體髮膚受之父母，那她也應該替原主給親生父母盡點孝心。

然而何葉知道，她內心深處最隱秘的角落裡，其實也貪戀著何家一家三口的溫暖。

如果簡蘭芝不肯讓她平日常回何家看望，她想她是斷不會回丞相府的。

卻沒想到簡蘭芝一口答應了，心裡還覺得，何間將何葉撫養成一個有孝心的孩子。

第二十一章

那日，陶之遠也來到了何家，簡蘭芝就將何葉拉到一邊，絮絮叨叨的開始說話。說何葉剛剛生下來的時候，特別乖，也不像其他小孩一樣吵鬧。只可惜何葉沒有原主的記憶，就算有，也無法記住嬰孩時期的事情。

何葉從門框看出去，也不知道陶之遠在和何間說些什麼。

也就這幾日，何葉的事情傳遍了整個務城的大街小巷，因此何家的門口差點沒被踏破。

像小廉、姜不凡和錢掌櫃是真心實意來恭喜她的，街坊鄰居則是少不了來看熱鬧的。

付嫣嫣看著從丞相府送來給何葉收拾東西的箱籠，氣得牙癢癢，想著為何飛上枝頭變鳳凰的不是她。

顧中凱和江出雲家裡，知道他們二人與何葉交好後，也派了他二人往何家給何葉送賀禮。

二人原本是要等何葉回到丞相府再上門拜訪，但家裡卻說若是等何葉回到丞相府，到時候還要遞帖子，也就麻煩了。

於是，這二人現在站在了何家門口。

何葉見到這二人的到來也沒有一點意外，她本就想著要找一日去感謝江出雲。那天在御宴上，江出雲願意為聿懷樓說話，多少也算是頂撞了鎮國將軍。

「你們還沒去上班嗎？」何葉突然意識到她的說法似乎太過現代。「你們還沒去上任嗎？」

「調令是下來了，要九月中旬，還有好多參加御宴的進士，要趕到各地，時間都統一推遲。」顧中凱回答道。

何葉特地從送來的賀禮中，挑出一罐用青花瓷瓶裝的大紅袍，剛開封，那濃郁的紅茶香氣就撲面而來。

想著若是有機會能買到牛乳，之後可以用這個茶來泡奶茶喝，再加點冰塊，簡直就是夏日解暑佳品。

顧中凱和江出雲以為何葉會忙得顧不上他們，沒想到何葉早就將要搬去丞相府的東西準備好。

何葉指著不遠處的箱籠說：「東西全在那裡面了。」

「那這其他箱子……」顧中凱不解的問道。

「都是丞相和他夫人送給我爹的賀禮，我爹說不能收，讓我到時候原封不動帶走。」何葉看著這幾箱賀禮也頗為頭痛。

「看來何姑娘這幾日也頗為勞累。」江出雲說道。

江出雲還是喊他何姑娘，態度也一如往常，讓何葉有種安心的感覺。

何葉點點頭，想到入住丞相府之後，不知道會不會要應付各種世家小姐，也是略有擔憂。

江出雲不知是如何看出何葉心中所想，寬慰她道：「何姑娘倒也不必擔憂，丞相夫人此番大病初癒，想來也需要靜養，倒也不會有太多應酬。」

何葉才發現她忘記了這件事，她覺得經此變故，簡蘭芝的身體還需要好好調養。

「那日，還要多謝江公子仗義執言，這才讓真相大白，沒讓我爹蒙冤。」何葉對著江出雲說道。

「我平日本來就多受何師傅照拂，理應如此。」

顧中凱腦子靈光一閃，突然壓低了聲音說道：「我聽到小道消息，說是鎮國將軍的小孫子中毒的前幾日，鎮國將軍去彥王府拜訪，與彥王很是不愉快，這才有了那天那麼一齣。」

何葉其實也不明白，彥王就算對鎮國將軍再有怨恨，也不該將氣往一個孩子身上撒，難道李團圓的囂張勁還曾得罪過彥王？

江出雲喝了一口茶，開了口。「聽說這幾日皇上也未曾往瑩貴妃宮裡去，明裡暗裡都是告誡之意。」

「我看彥王不是這麼蠢的人。」顧中凱想著這兒也沒有旁人，毫無顧慮的說道。

江出雲沒有接顧中凱的話，反倒問何葉。「何姑娘可會覺得無聊？」

「沒有，畢竟以後這些事情我想不聽也不行了。」何葉說道。

江出雲見何葉坦然接受了現狀，才繼續對顧中凱說道：「彥王許是遭人陷害，也說不定。」

顧中凱其實心裡多少也知道，真相未必是皇上給出的結果。「那你說這人會是誰？」

「你覺得這件事情中受益最大的是誰？」江出雲問道。

「昱王？替聿懷樓洗清嫌疑，還讓丞相夫婦找到了親生女兒。我這幾日路過聿懷樓，見人那叫一個多啊！」顧中凱嚴肅不過一會兒，又露出了原本吊兒郎當的樣子。

此時何葉卻想到了一個人，一個看起來一直隱身的人，和江出雲異口同聲道：「是太子。」

顧中凱這才恍然大悟似的想起了太子，在那場御宴上明明在場，卻從未開口說過一句話，甚至在彥王被勒令禁閉的時候，也未曾出來求情，連兄弟情深都懶得演一下。

「雖然聿懷樓這幾日生意轉好，但並不是因為此次御宴的關係，而是因為我的關係，不少人以為我還在聿懷樓做事，自然想看看我究竟是什麼樣，是不是能靠我來拉攏丞相。」何葉苦笑著開口分析了一部分的原因。

江出雲接著說了下去。「昱王因此次御宴承辦不力，自然在皇上那裡信譽下降，更別提彥王和瑩貴妃。用小小一顆紅豆，來隔山觀虎鬥，太子又何樂而不為？」

顧中凱聽著江出雲一番話，突然感覺在炎熱的夏天，明明喝著熱茶，背後卻冒出了一身冷汗。他想著未來在官場上一定要更加謹慎，不然可能被人賣了，自己還在幫人數錢。

丞相府中，簡蘭芝正拉著寧嬤嬤在給何葉佈置房間。

「妳說，這粉的好看，還是這藍的好看？」簡蘭芝對著寧嬤嬤問道。

「我看夫人您就別費心思了，我覺得小姐也是個有主意的，自己都能決定。」寧嬤嬤看著簡蘭芝還對著兩塊布料在來回比劃，說道。

「那不行，葉葉這麼多年都沒長在我身邊，該給她的都要給她，那些外面小姐有的吃穿用度，都該原樣給她一份。」

寧嬤嬤知道，簡蘭芝覺得這麼多年是她虧欠了何葉，想要彌補，只能給簡蘭芝出主意。「這外面都說小姐做得一手好菜，夫人您也多年未下廚了，等小姐回來那日，不妨做一桌菜給小姐吃。」

「這……」簡蘭芝略微有點猶豫。「妳說葉葉她吃慣了何師傅做的菜，我這普通菜餚，是不是入不了她的眼啊？」

「夫人，重要的不是菜餚本身，而是心意。」

簡蘭芝思慮了半天，點了點頭，決定讓廚房裡的人幫她一起擬定一份食單。

轉眼便到了何葉回丞相府的日子。

難得何間沒有避開何葉，反而將何葉送上丞相府來接她的馬車，什麼都沒說，只是拍拍何葉的手，轉身進了屋。

何葉看著福姨和何田站在門口揮著手送她的樣子，眼淚還是不爭氣的湧上了眼眶。

站在丞相府門口，何葉抬頭看著頭上懸著的、上書「丞相府」三個大字的牌匾，有恍如隔世的感覺。

「快別在門口傻站著，快到裡面來。」簡蘭芝見何葉還沒進門，就出門拉著她進來。

簡蘭芝挽著何葉的手。「走，先帶妳看看妳的屋子。」

何葉打量著丞相府的格局，假山與石頭交互錯落，池塘上還漂浮著點點落英，迴廊架在池塘上，顯得整個府邸十分雅緻。

她突然想到當初去寬陽侯府操辦壽宴的日子，那個時候，她斷然不會想到自己也會有擁有小院子的一天。

到了房間，一看就知道簡蘭芝是用了十二分的心在佈置——香爐放在桌上，瀰漫著清雅的香味；床上鋪著的錦被，觸感柔滑，想必也是簡蘭芝精心挑選的。

「謝謝。」何葉對著簡蘭芝說道。

「妳這孩子，跟我客氣什麼？」簡蘭芝聽了這兩個字，就忍不住內心的苦楚，想著她當年是如何疏忽，才會將孩子扔下那麼多年。

何葉知道簡蘭芝心裡有愧，只是她現在還沒有坦然到能叫簡蘭芝「娘」的程度。她對著簡蘭芝撒嬌般的說道：「忙了一上午，我餓了，不如去吃飯吧？」

「好，去吃飯。」簡蘭芝拿帕子抹了抹眼角，帶著何葉來到了廳堂。

寧嬤嬤在一旁提醒道：「這都是夫人辛辛苦苦做了一上午的。手上還燙出泡來了。」

「是嗎？我看看處理了嗎？有軟膏之類的嗎？」何葉緊張的握著簡蘭芝的手想要查看。

「沒什麼，都是小事情，不要緊張。」簡蘭芝默默推開了何葉的手，內心卻是十分感動，覺得何葉竟然沒有因為當年的事情而責怪和怨恨她。「快吃飯。」

何葉看著一桌琳琅滿目的菜，也不由低嘆一句。「這麼多。」

「我也不知道妳愛吃什麼，就隨便做了點。」簡蘭芝說道。「快坐下來嚐嚐看我的手藝。」

這一桌菜何止是隨便做做，這都趕上聿懷樓平時宴席食單的水準。紅燒肉、脆皮豆腐、清蒸鱖魚、竹筍老鴨湯……

最吸引何葉的莫過於心太軟，將紅棗一一去核，塞入糯米糰，上鍋蒸熟，再將糖漿澆在蒸熟的紅棗上。

何葉挾起一個放入嘴中，紅棗的甜膩和桂花糖漿的清新在口中碰撞散開，口感軟糯卻不黏牙。

簡蘭芝在一旁滿懷期待的看著何葉，等著何葉的反應。

「好吃！這棗子裡面的糯米也不硬，軟硬度適中，正好。」何葉說道。

「那妳快快嚐嚐其他的！」簡蘭芝邊說著，邊給何葉挾菜，何葉面前的碗轉眼就堆成了小山一樣的形狀。

這幾日，何葉將丞相府逛了個遍，閒來無事，窩在房間裡閱讀從書房裡拿來的各種話本。

她在丞相府見得最多的人莫過於簡蘭芝，而陶之遠是偶爾才打個照面，一同吃飯的機會都沒有一次。

何葉想著，陶之遠是不是懷疑自己並不是他們的親生女兒，只是為了簡蘭芝，才勉強將她留在丞相府？

但何葉的日子並沒有因為陶之遠的疏遠而變得糟糕，反倒是簡蘭芝事無巨細的照顧著她，還給何葉指派了個叫滿月的丫鬟。何葉原本覺得她的衣食起居，她自己都能解決，也不需要丫鬟，她更想要在院子裡搭個灶頭，弄個小廚房。

但從滿月口中得知，丞相府裡並沒有多餘的丫鬟，她也是從廚房裡被調出來，臨時負責她的身邊事務，何葉這才勉強接受下來。

此時，陶之遠剛從宮裡回來，連口茶都還沒喝上，就被寧嬤嬤請到簡蘭芝的房間。

陶之遠剛跨進門，簡蘭芝就開始抱怨。「葉葉回來之後，你有跟你女兒吃過一頓飯嗎？」

「我這不是忙嗎？」陶之遠端過簡蘭芝面前的茶，啜了一口。

「以前也沒見你這麼忙。」簡蘭芝嗔怪道。

「那現在不是有葉葉陪妳，妳現在身體也好轉不少，我忙點也正常。」

「你是不是不喜歡葉葉？」簡蘭芝問道。

「胡說什麼！我女兒我怎麼不喜歡？」陶之遠生氣的說道。

「那你怎麼躲著葉葉？」簡蘭芝不依不饒的問道。

「還說我？妳不也一樣？」陶之遠長嘆了一口氣。「畢竟這麼多年不在我們身邊長大，也不知道跟她要怎麼相處。」

簡蘭芝突然沈默了下來，他們和何葉缺失的相處時間，並不是靠一朝一夕就能補回來。

「不妨這樣，雖然整個務城都知道我們丞相府認回了葉葉這個女兒，但畢竟也只是在御宴上，不如我們丞相府也辦個宴席，正式宣佈一下葉葉是我們的女兒。」

陶之遠聽了這個點子，也有點心動，但想到簡蘭芝的身體狀況，又有點猶豫。「好是好，但妳的身體才好一點，這宴席操辦起來也太忙了，擔心妳會吃不消。」

「這不還有寧嬤嬤嗎？而且葉葉她自己估計也能行，到時候若是要敲定食單，還是要她來。」簡蘭芝笑著說。

陶之遠覺得簡蘭芝說的也不無道理，只能妥協，畢竟能讓夫人開心便好。

簡蘭芝見陶之遠答應，轉身就去了何葉的院子。

何葉聽著簡蘭芝將宴席的事情全部說來，看著簡蘭芝說話時的神采飛揚，不好掃了她的興，就點頭答應。

次日，簡蘭芝請了錢掌櫃過府商議，何葉也一起參加。

只是何葉再在寬闊的廳堂見到何掌櫃，有種恍如隔世的感覺。

想來錢掌櫃大概也是有同感，都說人靠衣裝，何葉看著整個人都氣派了起來，再看著何葉頭上戴著的金荷葉簪子，一時走了神。

「此次請錢掌櫃前來，所為之事想必掌櫃已經知曉了。」簡蘭芝開口說道。

「這是自然，夫人請放心，一切都會安排妥當的。」

「葉葉，可還有要交代給錢掌櫃的？」簡蘭芝轉頭問坐在下座的何葉。

「無事，到時候麻煩錢掌櫃多費心了。」何葉將場面話說足。

簡蘭芝想著大概何葉因為自己在場，就算有話也不好對錢掌櫃說，就讓何葉送送錢掌櫃，也好讓二人說說話。

錢掌櫃考慮到何葉現在的身分，已經不是之前那個在聿懷樓能隨便差遣著做工的小葉子，一時也沒了聲。

倒是何葉先開了口。「錢掌櫃，我爹還好嗎？」

「老何啊，他一切都好，能有什麼事？這不就整天一大早就跑集市，然後來聿懷樓燒菜，就老樣子。」說這話的時候，錢掌櫃也不得不唏噓這命運弄人。

「那這次宴席反正夫人也沒指名，就不要讓我爹來了，省得他到時候也心神不寧的。」

「小葉子，妳不說我也知道，這讓老何再來，不是戳他傷心處嗎？」錢掌櫃不知不覺恢復了以前和何葉說話的口氣，又自覺失言。「反正這事交給我，妳就放心吧。」

「那我送您到聿懷樓，我也去樓裡坐坐。」何葉殷勤的說道。

「這哪裡使得？使不得！」

「沒事的，我讓丫鬟去跟夫人說一聲就好。」何葉轉身吩咐一直跟在身邊的滿月，讓她去通知簡蘭芝一聲。

轉頭何葉便同錢掌櫃一同上了馬車。

簡蘭芝聽到滿月帶回何葉的話，有一瞬的失落，但想著畢竟何間對何葉有那麼多年的養育之恩，何葉若是能輕易放下，倒顯得這個姑娘無情無義。

當何葉從馬車上下來，抬頭看著聿懷樓高懸的牌匾，她也沒想到有朝一日會從聿懷樓的正門進去當客人。

「何姑娘！」顧中凱從窗口探出一個頭，叫著何葉。

何葉抬頭一看，窗邊坐著兩道人影，想起了第一次來聿懷樓時候的情景。進了門，還沒走上樓，顧中凱和江出雲就到樓梯口來迎接她。

「何姑娘，好巧啊，妳也來吃飯？一起吧？」顧中凱說道。

何葉想著其實也沒有特別巧，畢竟這兩個人一個月有半個月都會在聿懷樓，能碰到也是情理之中的事情。

她面上也沒有表露出她的想法，但想著出來的時候走得急，也沒帶銀子，就同意了二人的邀請。

「那我就卻之不恭了。」何葉提著裙襬上了臺階，到了雅間。

何葉進了雅間，打量著房間的裝修，兩邊都安裝著木門，隔壁房間的說話聲只能聽個隱隱約約，並不能聽清。若是人多的時候還可以打開，將幾間房間連接起來。

「還需要加菜嗎？」江出雲等何葉坐下後便問道。

「不用了，我也吃不了多少，就按你們點的就行。」何葉回答道。

小廝去後廚端菜，江出雲提了一旁爐子燒著的銅壺，給何葉沏了一杯茶，移到何葉面前。

何葉拿起蓋子，撇了撇浮著的茶葉。「謝謝。」

顧中凱看著二人的互動，突然開口說道：「我忘了，我今天還約了成敬賢，這在半路上遇到你，就被你騙來了聿懷樓。我這就先走了。」

顧中凱對著江出雲眨了眨眼，示意自己就不在這裡給他增添阻礙，還沒等何葉反應過來，他就走了。

「成敬賢？可是今年的狀元郎？」

「是。」江出雲回答道。

「他與狀元郎也關係這麼好？」何葉隨口問道。

「他和誰都處得來。」

何葉想著也是，順應著點了點頭。

小廝敲了敲門入內，將托盤上的菜一一上桌，何葉看著桌上荷葉狀的糕點。「這是什麼，怎麼沒見過？」

「這是我們樓裡新推出的荷葉糕，這糕裡面包著豆沙餡，外層的糯米皮則是用荷葉水浸泡製作而成，再用荷葉包裹著蒸熟，挾著吃也不至於沾筷子上。」小廝氣都不喘一口的介紹道，但又生怕這兩位客官再問他更多的問題，忙道：「那二位客官慢用。」一溜煙的跑了。

何葉想著小廝口中的荷葉水，應該是將曬乾的荷葉用沸水滾開，待泡著荷葉的水放涼，再用來和麵，這樣便能夠自帶荷葉的清香。

「何姑娘待會兒可要去看看何師傅？」江出雲見何葉盯著那盤荷葉糕若有所思，才開口問道。

何葉挾了一塊荷葉糕，如她所料，外面的糯米皮略帶一絲苦澀的味道。「不了，之前我離開知巷的時候，我爹就跟我說不要再回去了。」

「想來何師傅也有苦衷。」江出雲寬慰道。

「我沒事，你不用安慰我。」何葉說道。

江出雲看出何葉的注意力始終不在吃飯這件事情上。「走吧，去見何師傅。」

「我爹應該不想看見我。」

「是我找何師傅有事請教，我對這荷葉糕的做法甚是好奇，想帶回去給我娘嚐嚐，還要去麻煩何師傅。」江出雲說道。

何葉想著，明明將荷葉糕打包這種事情，只要吩咐小廝自然會辦妥，但她也知道江出雲這是給她找藉口。

她跟著江出雲來到了後廚門口，江出雲停在門口，看何葉她究竟想不想跨出這一步。

「妳來了也不跟我說一聲，難道真去了丞相府就不要我這哥們了？」姜不凡從何葉的身後走了過來。

「姜大哥！」何葉驚喜的叫道。

「還知道叫我一聲大哥。」姜不凡邊說著，邊朝一旁的江出雲點點頭。「我聽錢掌櫃說了妳家要辦宴席的事情，我去妳家燒，帶著小廉一起。」

「姜大哥，你真的能一個人燒宴席嗎？」何葉不是擔心姜不凡的廚藝，而是擔心姜不凡的性格是否能應付府裡的那些繁文縟節。

「反正小廉經驗多，讓他帶著我，何況去丞相府不是還有妳罩著嗎？」姜不凡大咧咧的說道。

「是啊！姜大哥，你放心，我肯定罩著你！」

江出雲看見何葉終於恢復了往昔那種帶著活潑的笑容，也勾了勾嘴角。

第二十二章

「我爹呢？我爹在嗎？」何葉看了看廚房，似乎沒有看見何間的身影。

「何師傅剛才和錢掌櫃說了什麼，然後就出去了。」姜不凡接話道。

「哦，好，我知道了。」說著何葉轉身走回了雅間。

江出雲跟在何葉身後。「妳若是沒事，我可以陪妳等何師傅回來。」

「不用了，我爹說不定就是從錢掌櫃那兒聽到我來，才避開我的，我不走，說不定他都不回來。」

何葉對著江出雲扯了個勉強的笑容。「先去吃飯，菜都該涼了。」

吃飯的過程，何葉心不在焉，想著既然都出來了，不如去知巷看一眼，但又害怕吃閉門羹。

下了樓，江出雲提議送何葉回去，何葉還是猶豫著說出了。「我想去知巷看看，江公子若是忙，可以先回去。」

「無事，一起去。」

江出雲和顧中凱二人本就是走到聿懷樓的，這回江出雲坐上了丞相府的馬車。

「我弟應該也不在家，我就去看看福姨。」何葉對江出雲說道，其實是找個藉口讓她自己安心。

從知巷巷口走到何家門口，何葉敲了敲門，果然不出所料，沒有人在家。

何葉轉身想要離開的時候，卻看見站在巷子裡的宋懷誠。

宋懷誠顯然沒料到會碰到何葉和江出雲，也愣在原地。

「宋大哥。」何葉開口叫了他。想了想那天御宴上似乎沒注意到宋懷誠，之後事情鬧得沸沸揚揚，也沒見宋懷誠再上門。

「江兄也在？」宋懷誠也開了口。

「我們在聿懷樓碰見的。」江出雲回答。

「不嫌棄的話，要去我家坐坐嗎？」

何葉看著宋懷誠應該是要出去，並不是回家的方向。「宋大哥，你應該還有事要出去，我就不打擾你了。」

「就是要出門去買點紙，也不急於一時。」宋懷誠急忙解釋。

何葉看了看江出雲，徵詢他的意見。

江出雲道：「與宋兄許久未聚，說說話也好。」

於是三人到了宋懷誠的家中。

「宋大哥，你以後還會住在這裡嗎？還是打算搬家？」

「翻修一下就行，還能住，離翰林院也不算遠。」宋懷誠猶豫的說道：「何姑娘，不，陶小姐以後也別叫我宋大哥了，被別人聽到該誤會了。」

「這有什麼好誤會的？這本來就只是個稱呼。」何葉不解。

宋懷誠看了一眼坐在何葉身邊的江出雲。「反正，稱呼我和稱呼江兄一樣就行。」

何葉心想宋懷誠作為新晉進士，可能並不想和她這個現在掛著丞相之女頭銜的何葉沾上關係。「一個稱呼而已，那就依宋公子所言。」

話語之間，何葉就已經改了對宋懷誠的稱呼。

江出雲看了宋懷誠一眼，見宋懷誠臉上閃過一抹失落的神色，想必宋懷誠也知道，他這一舉動無疑是在將何葉越推越遠。

又坐了半刻鐘不到，何葉就起身告辭，表示她出門時間太長，簡蘭芝還在丞相府中等她回去。

宋懷誠將二人送至家門口，看著何葉和江出雲有說有笑的往巷口走。

回屋見放在桌上的三杯茶，兩個茶杯比鄰放著，還有一個茶杯放在不遠處。

他將桌上的茶杯全部放到了木盆中，清洗乾淨，彷彿收拾的不是茶杯，而是他那顆雜亂的心。

他也知道一旦進了翰林院，心思便不能再放在兒女情長的瑣事上，只有以家國為己任，才是他應該做的。

江出雲將何葉送到丞相府門口，何葉正想邀請江出雲進去坐坐的時候，簡蘭芝就從丞相府走了出來。「葉葉，回來了？」

何葉從簡蘭芝的口吻中聽出了一絲擔心。「您怎麼還出來了？」

「你是寬陽侯府的公子吧？」簡蘭芝對著江出雲問道。

「正是，在下是寬陽侯府長子江出雲。」江出雲衝著簡蘭芝行了一禮。

「那你們在門口這是？」

「我在聿懷樓遇到了江公子，他就順路送我回來。」

「哦，那就進來坐坐。」簡蘭芝意味深長的看了一眼江出雲。

「不了，家母也還在家中等著我回去，改日再來正式登門拜訪。」

「行，那宴席那日再見。」簡蘭芝說完，就拉著何葉進了府，徒留江出雲目送二人進府，丞相府的大門在他面前緩緩闔上。

「妳跟那個江公子是怎麼回事？」簡蘭芝拉著何葉八卦的問道。

何葉也沒料到簡蘭芝還有這一面，前兩天說話的時候，能看出明顯顧慮著她的情緒，也沒敢問一些太過親近的話題。

「就之前江公子一直來聿懷樓吃飯，也來找我……何師傅家找他，這就熟了。」何葉認真的向簡蘭芝說明。

「你們真沒什麼？」簡蘭芝依舊帶著好奇的神情問道。

「沒什麼，就是朋友。」何葉也急了。

簡蘭芝卻依舊在自說自話。「我看這年輕人長得也不錯，看妳的眼神似乎有其他意思，我覺得沒那麼簡單。他沒說過心悅於妳之類的話？」

何葉沒想到簡蘭芝會對江出雲的事這麼執著，於是遞了個求救的眼神給一旁的寧嬤嬤和滿月，只是二人都裝作沒看見。

寧嬤嬤內心覺得簡蘭芝其實說得不無道理，寬陽侯府的嫡子她也略有耳聞，雖然外傳他遊手好閒、不思進取，這次卻高中探花，且他從不近女色，送哪個姑娘回家更是聞所未聞。

滿月頗覺新奇，見到江出雲那等清風朗月的公子，再看看自家小姐，也覺得甚是相配。

何葉只能裝傻。「我到丞相府之後，一次廚房也還沒去過，若是方便，不妨讓我去露一手。」

簡蘭芝立刻就轉了話鋒，表示她不希望葉葉如此勞累，府裡有專門的廚師負責，女兒只需要坐著等吃就行。

何葉開始了和簡蘭芝的拉鋸戰，表明這是自己的愛好之一，她在廚房並不覺得累，還覺得很有趣。

這一回合，何葉再次輸給了簡蘭芝的堅持，決定另找一日再說服對方。

何葉回到院子裡，將簡蘭芝剛才追問的話細細的想了想，她作為一個單身了二十年的人，應該對別人的喜歡還挺敏感的，像她知道宋懷誠喜歡她。

江出雲對她這麼好，莫不是真的被簡蘭芝說中了？何葉被自己的想法嚇了一跳。覺得她一定是被簡蘭芝剛才一番話給影響了。

回到寬陽侯府中的江出雲，徑直往聽風苑去了。

「娘，我回來了。」江出雲推開院子門說道。

「雲兒，你進來，娘有話跟你說。」

江出雲走到石凳上坐著，周婉這才放下了手中的針線活。

「娘要說什麼？」

「你這不是馬上要去翰林院嗎？娘前幾日去近屏寺的時候給你求了個平安符，你拿著。」周婉從放著針線的筐底下拿出一個平安符。

江出雲接過，塞到腰封中。「謝謝娘。」

「你這翰林院應該也沒什麼事情，我聽聞就是些修書的工作，不會摻和到重要的決策裡去。」周婉擔心的說道。

「嗯，都是些文書工作。」

「那要不這樣，你去上任一個月，就跟皇上請辭，說身體不好，要在家養病。」周婉突然說道。

江出雲看著周婉不安的神色。「娘，您還是不放心。」

周婉也是急了。「怎麼放心？我就你這麼一個兒子，那天你在御宴上出頭，我可擔心了，在場這麼多人都不說話，你起來做什麼？」

「娘，不能讓清白之人蒙冤，這還是小時候娘給我讀話本時講的道理。」江出雲說道。

「之前我是答應你，不再管你，可是我也控制不住，我這在繡個花，若是不小心戳著手，我就擔心你是不是會出事。」周婉說著，也難免情緒有點失控。

江出雲默默無言的看著周婉，等著她情緒平復下來。

「那這樣吧，我聽說兵部尚書家的夫人，為了讓中凱能穩重一點，已經開始相看世家小姐了，說是要娶個媳婦。不如，你也娶一個。」

江出雲沒想到娶妻這件人生大事，在周婉口中竟如此輕率。

「娘，不著急。」江出雲開始思索要如何才能讓周婉放棄這個念頭。

「等你爹回來了，我會跟他看著辦的，要是定下來，你們就見一面，要是合適，就成婚。」

江出雲見周婉一點也聽不進他的勸說，只能說：「娘，我有心上人了。」

「什麼人？是務城人氏嗎？家裡做什麼的？我見過嗎？」周婉頓時連珠炮的問道。

「娘，您見過的。」江出雲面對周婉的問題，只選了最無關緊要的一個回答。

周婉開始回想宴席中各個世家小姐的樣子，想著江出雲出門最有可能遇到的是哪幾位姑娘。

「娘，沒什麼事，我先走了。」江出雲趁著周婉還在思索，終於得以脫身。

等到周婉反應過來的時候，滿是懊惱。「怎麼也不告訴我是誰？我這也好找人去說親。」

江出雲不肯明說，只是擔心，對方還未必明白他的心意，若是告訴母親，母親無論是上門作客還是派人遞帖子，大概都會嚇到她。

何葉一連幾日，都跟著簡蘭芝準備丞相府宴席的事情，食單固然難辦，更難的是宴客名單。

這幾日，和簡蘭芝相處下來，何葉發現簡蘭芝雖然被外面叫了那麼多年的「傻子」，但實際上做事俐落果斷、井井有條。

何葉在簡蘭芝給各位官員和世家小姐安排座席的時候，發現了這一點，簡蘭芝對哪幾家是死對頭都了然於心，應該也是多年觀察下來的結果。

何葉心裡也猜測，這麼多年以來，簡蘭芝並不是真的癡傻，只是因為裝成這樣，可以免了和各家夫人小姐來往，如此也不需要看到別人母女情深的場景，免得觸景傷情。

寧嬤嬤無意中跟何葉說的這話，也更確定了何葉的猜測。「小姐別看夫人這樣，實際上每次從宴席回來，常常一個人躲著哭，只是相爺並不知道。」

何葉想到簡蘭芝一個人懷著內疚與傷痛生活了那麼多年，心中也不免酸楚。

這一日，姜不凡正好來給簡蘭芝試菜，簡蘭芝見何葉對食單上的石子羹好奇得很，才特批了何葉去廚房，何葉久違的站在廚房裡，有一種既陌生又親切的感覺。

何葉下意識的就脫口而出。「姜大哥，要切什麼，我幫你。」

說著就往砧板面前站，一旁的滿月見狀，立刻衝到了何葉面前。「小姐，要是有什麼要做的，我可以幫上忙的，我來就行。」

「妳就算了，妳看看這一身好衣服，等油濺上去妳後悔都來不及。」姜不凡毫不留情的說著何葉。

何葉這才反應過來，她現在已經不是聿懷樓的學徒，一時哭笑不得，只能往後站遠了幾步，滿月見何葉再無上前的舉動，才放下心來。

「這石子羹究竟是什麼？」何葉依舊有些不甘的在一旁探頭探腦。

「前幾日，我和姜大哥去爬山，看到山上的小溪，見這裡面的石子長得都圓潤可愛，撿了幾顆回來給弟弟妹妹玩。」小廉說道。「但姜大哥看到石子上長的苔蘚突然有了主意。」

「你說，這富貴人家不都吃慣了山珍野味，肯定想不到這石頭能拿來做菜，給他們做點新鮮。」姜不凡接話。

「前日我們特地又去了那座山，帶了石頭和泉水回來，不過有點擔心，這泉水靜置了一夜，會不會口感變差。」小廉略有憂心的說。「這道菜要是能成，到時候就該揹著籮筐去山上撿石子了。」

何葉也略有點好奇這道石子羹的滋味，總覺得聽上去有唬人的嫌疑。

一句話總結，就是泉水煮石子。

姜不凡先將石子鋪在陶罐罐底，再將泉水灌入罐中，等到泉水沸騰，石子周圍也布滿細小的氣泡，這時將陶罐拿離火，等待石子羹稍稍變涼。

何葉迫不及待的拿了個勺，盛了點出來，吹涼，嚐了嚐，感覺有點微微的甜味，但或許有苔蘚的原因，還帶了點若有似無的鹹味。

比起常見的湯羹，這石子羹若是放到宴席上，倒顯得風雅又新鮮。

滿月見石子羹做好了，何葉也嚐過味道，就要將何葉往前廳裡趕。

何葉十分懷念在廚房中的感覺，賴著不肯走，想要上手去做點心，說做點心最多手上沾點粉，不會有其他影響的。

小廉卻也不同意，說著哪有主人家下廚做菜的道理。

在姜不凡、小廉和滿月三個人的集體催促下，何葉才不情不願的離開了廚房。

到了前廳，簡蘭芝向何葉詢問著廚房的進度，何葉都一一道來，眉飛色舞的講解著每道菜的做法，簡蘭芝將何葉的興奮默默記在了心裡。

試好菜，簡蘭芝和何葉迅速敲定了食單，石子羹作為新奇菜式，自然放在了宴席的食單之中。

食單敲定，何葉親自將姜不凡和小廉一行人送上了馬車。

回到廳堂的時候，簡蘭芝將何葉招呼了過去。「來，葉葉。」

「您找我有事嗎？」

「來，先坐。」簡蘭芝指了指身邊的位置。

「這快十月了，天氣也要開始轉涼了。」簡蘭芝感慨道。「妳看那街邊的銀杏樹都要開始變黃了。」

何葉不明白為何簡蘭芝會突發感慨，一時也不知該如何接話。

「葉葉，我看妳是真心喜歡待在廚房是不是？」

「是，廚房裡其實真的很有趣，煎、炒、烹、炸，醬料的配製，從原來的食材變成上桌的菜餚，蘊含了很多看不見的心思。」何葉一直覺得廚師的工作有時候和魔術師一樣，將普通的事物變得妙不可言。

「也是，既然妳這麼喜歡，我也不再攔著妳，不然看妳待在府裡也無聊，也只有在講到吃的時候才開心一點。只是聿懷樓那邊，妳也知道妳現在的身分，可能就……」

何葉一聽，開心的勾住了簡蘭芝的手臂。「沒關係，您能讓我進廚房我就很開心了。那您想吃什麼，到時候我給您做，等宴席結束了，就搭個小烤爐，我給您做好吃的。」

簡蘭芝笑著拍了拍她的手。「好，妳做什麼我都喜歡吃。」

到了丞相府擺宴席這天，何葉從天還沒亮就被寧嬤嬤從床上揪起來梳妝打扮。

何葉想著以前在何家，早起都是為了去市集或去聿懷樓趕工。

坐在銅鏡前的何葉，看寧嬤嬤將一部分頭髮綰成高高的髮髻，用髮帶固定在腦後，其餘柔順的黑髮則垂落在背部。

寧嬤嬤從妝匣裡拿出了何葉還未曾戴過的鏤空雕花金簪，給何葉插在髮髻的一側，另一側則是插了根金步搖。

何葉任由寧嬤嬤擺弄，直到寧嬤嬤要將雪白的粉往何葉臉上塗的時候，何葉才出聲阻止了。「寧嬤嬤，可以了，不用了，我這樣挺好。」

「這可是現在務城各家小姐們，最喜愛的妝容。」寧嬤嬤勸說道。

「不了，我塗點口脂顯得人精神點就行。」何葉看著那雪白的粉末直接拒絕了。

「那小姐我再給您畫個眉毛。」寧嬤嬤堅持的說道。

等畫好眉毛，何葉再看銅鏡中的人，這才明白了以前說的眉如遠山，也暗自感嘆寧嬤嬤手巧。

只不過不得不感慨，看了這麼長時間鏡子裡的這個人，對這張臉多少感到陌生。

滿月看著何葉一笑，覺得一室生輝，也在一旁附和道：「小姐，您真好看。」

何葉突然想起了姜不凡和小廉昨日也在某個商戶家裡燒宴席，所以並沒有提前住到丞相府，便問滿月。「姜大哥他們可來了？」

「小姐放心，已經安排妥當了，就連早飯也給聿懷樓的眾人準備好了。」滿月回答道。「如果還忙不過來，我也回廚房幫手，您身邊有寧嬤嬤就夠了。」

寧嬤嬤帶著何葉去了簡蘭芝的院子裡，簡蘭芝看著何葉今天身穿淺紫色的纏枝蓮百褶裙，上搭淺黃色的織金祥雲襖，也顯得貴氣了不少。

陶之遠難得今日已經坐在正廳，同二人一同用早飯，看著何葉進門，讚許的點了點頭。

還沒吃完早飯，府門口就開始送來了一波又一波的賀禮，大小箱子堆滿前廳的院子裡。

急急忙忙的吃完早飯，不出所料，就開始有客人上了門，陶之遠已經到了門口迎接客人，而簡蘭芝則是告訴何葉。「不要緊張，按照前幾日寧嬤嬤教妳的就好。」

何葉看著簡蘭芝的眼神，深深的呼了口氣，點了點頭。「沒關係，我可以的。」

何葉想著前幾日寧嬤嬤給她講的重點，最重要的一點莫過於氣勢，其實就是要挺胸收腹，給人看起來姿態挺拔。

簡蘭芝帶著何葉負責接待著各家夫人和小姐，這些人看著簡蘭芝和何葉，皆是十分好奇。

對於她們而言，簡蘭芝從未和她們同桌吃過飯，平時也不會過府往來作客，因此也不曾深入相處，她們見到簡蘭芝都只是一番客套的禮貌詢問。

面對何葉，各家夫人則帶著打量的視線，都在心中將何葉和自家女兒做了一番比較；至於各家小姐看到何葉，則是各種目光不斷交織。

有對何葉這個人感到興趣的，想知道丞相府丟失了多年的女兒究竟長得是何模樣。

也有對何葉嫉妒的，想著何葉就是命好，才會在多年之後被認了回來。

也有不屑的，覺得何葉出身低微，再有個身居高位的爹，也不過是個只會燒飯的廚娘。

何葉面對各種目光始終淺笑嫣嫣，只是在內心默默吐槽，想著她又不是博物館的展覽品，還要被大家反覆打量。

只不過這一次，她算是體會了一把現代明星的待遇，明白了網上說的營業性微笑的真正涵義。

「昱王妃來了。」寧嬤嬤在背後悄聲提醒著何葉。

簡蘭芝還被兵部尚書家的夫人纏著抽不開身，何葉就獨自迎了上去。「見過昱王妃。」

昱王妃看著眼前的何葉，覺著對方雖然算不上多久沒見，卻似乎變了點樣子。

「昱王妃，這邊請。」何葉領著昱王妃到了安排好的座席。

昱王妃拉著何葉說了一會兒的話，才讓何葉離開，她看著何葉離去的背影，也不得不感慨，何葉的人生也算過得頗具傳奇色彩。

何葉見丞相府門口，一時也沒有客人進門，就等著時辰到了準備開席。趁著這個空檔，何葉想著今天還沒機會溜去廚房看一眼，見寧嬤嬤的注意力也不在她身上，就偷偷摸摸的往後院溜去。

席間的江出雲看見明明是這場主角的何葉卻往後院跑去，也起身跟了上去。

何葉聽見身後跟來的腳步聲，還以為寧嬤嬤發現她不見，追了過來。回頭一看，卻是江出雲。

「江公子怎麼跟到這裡來了？」這再往後走便是後院，在古代應該不是外姓男子可以進來的地方。

「有東西給妳。」江出雲從懷裡掏出一個小瓷瓶。

何葉想著今日寬陽侯府應該已送了賀禮過來了，怎麼還有東西要給她？

江出雲也沒有說瓷瓶中裝著何物，何葉拔開木塞一看，黃色的粉末裝在其中，再一聞味道，也是驚奇不已。「這是咖哩粉，我之前在賣香料的攤子上也沒見過，攤子上都是一些八角、桂皮之類常見的調味粉。」

「從府裡翻出來的，也是之前聖上賞賜下來，一直放著也就忘了，想著妳大概知道，就拿來了。」江出雲向何葉解釋道。

「這個可以做的東西可多了，咖哩雞、咖哩牛肉湯、咖哩魚丸粗麵，有空的話，我做給你吃。」

「好。」

江出雲說完，何葉才意識到她現在已經不在聿懷樓裡，說出這番話，可能到時候只能食言了，正想著要解釋的時候，寧嬤嬤匆匆趕了過來。

「哎喲，小姐，我終於找到您了，這都快開席了，您還在這裡做什麼？」寧嬤嬤說完，看到一旁的江出雲。「江公子也在。」

寧嬤嬤在江出雲和何葉身上梭巡了幾圈，最終還是催著何葉趕緊回去。

何葉跟著寧嬤嬤離開的時候，轉過身，朝著江出雲揚了揚手裡的瓶子，無聲的說了句——「謝謝。」

江出雲笑著也跟了上去。

而這一切都被一旁東躲西藏的付嫣嫣收進了眼底，她狠狠的捏緊了身上的裙子。都是一起住在知巷的人，憑什麼何葉就能住在高門大院中，她還要每天早起磨黃豆、賣豆腐。

那日，她送飯給宋大哥的時候，偷摸著進了宋懷誠的房間，卻看見宋懷誠的書桌上放著一張女子的畫像，她一眼就認出畫中的人是何葉。

雖然她的舉動被宋懷誠發現，還被趕了出去，但她就想知道，她究竟何處不如何葉，能讓宋大哥為她魂不守舍，就連她現在搬走了，宋大哥還惦念著她。

前幾日，她聽聞丞相府要為何葉辦宴席，今天她特地一早就來到丞相府門口，尋找機會，裝作是世家夫人和小姐的丫鬟混了進來。

為了不讓何葉一眼就認出她，她進了門之後，就一直東躲西藏，想著找個機會質問何葉，為何還要抓著宋大哥不肯放手，卻無意間看到了江出雲和何葉這一幕。

付嫣嫣想起，當時在貢院門口，江出雲也是對她愛搭不理，只理睬何葉。

突然，她的目光看到了一旁的銀杏樹，有了主意。

第二十三章

宴席一開，原本壓著的竊竊私語的聲音，瞬間爆發出來，成了一聲聲的道賀。

何葉和簡蘭芝分坐在陶之遠的兩側，不時有人跑過來向陶之遠敬酒，而陶之遠則是一邊推託，一邊淺淺抿了幾口。

何葉看陶之遠杯子中的酒幾乎都沒有少過。

終於，不再有人來敬酒的時候，何葉剛坐下來，想著好好品嚐一下聿懷樓的手藝，就感覺有人在拉她的裙子。

「姊姊！」脆生生的童音在何葉腳跟響起。

何葉順著聲音看去，發現李團圓正站在她身邊，依舊是白裡透紅的小胖臉，看樣子相思子的事情絲毫沒對他造成影響。

這孩子許是趁著將軍和嬤嬤一時不察，仗著個子小，又到處亂溜。

「這個給妳。」李團圓從背後伸出了一個拳頭，把手突然展開，手裡是一把銀杏果。

何葉原本以為李團圓會拿著蟲子之類的生物嚇她，都做好了心理準備，甚至下意識的往後挪了挪，沒想到李團圓會給她吃的，卻又瞬間反應過來。「你吃了嗎？還沒吃吧？」

李團圓對著何葉搖了搖頭，拿出一顆示範著想要剝開，但卻沒能成功，委屈巴巴的對著何葉說：「剝不開。」

何葉這才鬆了一口氣，要是這次李團圓在丞相府誤食了毒物，鎮國將軍必定又要大鬧一場。

何葉彎著腰，與李團圓的目光持平。「告訴我，這是哪裡來的呀？」

李團圓藕段般的手臂指著後院。「後面有一個姊姊在摘這個，我問她能不能給我兩個，她塞了一把給我，轉身就走了。」

何葉思索了一下這次食單的內容，並沒有需要用到銀杏果的菜餚，心下起了疑心。她捺著性子問李團圓。「那你見到那個姊姊長什麼樣子了嗎？」

「沒有，不認識，看著像哪家丫鬟。」李團圓回答道。

「這些能全部給我嗎？」何葉指了指李團圓手中的銀杏果。

「不給妳！妳憑什麼拿我的東西？」李團圓怒吼道。

何葉想著這孩子一旦生起氣來，還是原來那小紈袴的脾氣。

許是李團圓中氣太足，還是將管他的嬤嬤引了過來。「陶小姐，真是對不住了。」

嬤嬤說完就要將李團圓抱走，李團圓大叫著。「我不走！她要搶我東西，我憑什麼要走？」邊說著腿還在嬤嬤身上不停的亂蹬。

何葉看著李團圓這孩子，在吃的方面栽過跟頭，也還不知道收斂，整個人還是原來的樣子。

那位嬤嬤想著何葉如今身分也是今非昔比，只能幫著李團圓向何葉道歉。「陶小姐，前幾次我家小公子多番衝撞，還請您大人有大量不要放在心上。」

「咦？」李團圓突然不再吵鬧，而是盯著何葉反覆打量著，突然開口說了句。「臭姊姊。」

何葉被李團圓突如其來的「臭姊姊」叫得一頭問號。

「她怎麼不是廚娘了？現在怎麼坐在這裡了？」李團圓對著嬤嬤說道：「要不是看她好看，我才不會把寶貝給她。」

何葉從李團圓的話裡算是聽出來了，原來李團圓合著是沒認出她。

抱著李團圓的嬤嬤還在不停的向何葉道歉，何葉只是告訴嬤嬤注意不要讓李團圓誤食手中的銀杏果。

嬤嬤對著何葉又是感謝又是賠禮，才將李團圓抱走。

再抬起頭，就見顧中凱和江出雲站在她桌前。

「何姑娘，妳對那小子可真有辦法。」顧中凱對何葉說道。
「就是貪吃。」何葉卻依舊愁眉不展。
江出雲看著何葉眉頭深鎖。「怎麼了？」
「哦，沒什麼，可能是我想多了。」何葉說道。
「對我們兩個妳還有顧慮？妳說出來，說不定我們還能給妳出出法子。」顧中凱提議道。
何葉將剛才和李團圓的對話說來，想著簡蘭芝之前早已下令府裡的眾人，一律不準隨意採摘銀杏果，就生怕有人不小心誤食而中毒。
「別擔心，說不定是哪家丫鬟看著好奇，就採著玩，這點分寸總應該是有的。」顧中凱安慰何葉。
「但願吧。」何葉略微擔憂的說道。
何葉以茶代酒，回了江出雲和顧中凱的敬酒，剛想脫身去後院看一眼，就被昱王妃截住了。
江出雲見何葉一時脫不開身，看了看在場的小廝和丫鬟，看著都神色正常，沒有什麼異樣，便不再放在心上。
何葉聽著昱王妃的話，原來是昱王妃寫了本話本，想請何葉過府一閱。

昱王妃邊悄聲說著，邊打量著何葉的神色，何葉一聽昱王妃寫了話本，也是覺得新鮮，一口答應了下來，等過幾日再過府一敘。

後廚呈送的熱菜，這時也一道一道端上來，何葉面前這一道正是橙汁薯泥，是何葉在聿懷樓的時候教給小廉解饞用的。

這時何葉的眼睛餘光掃到了簡蘭芝桌上那一小碗薯泥，澆著濃稠橙汁醬外，旁邊還放著一小撮薯泥，就像是擺盤完又補了一點進去。

何葉腦海中突然劃過了一個念頭，喊了句。「娘！」

簡蘭芝顯然也沒料到何葉會突然喊她「娘」，握在手中的筷子瞬時停在半空中。

何葉見簡蘭芝停下了動作，這才不緊不慢的起身到簡蘭芝身旁，假意和簡蘭芝說話。「娘，我好像有點不舒服，想先去休息一下。」

實則利用身形遮擋住了眾人的視線，將那一碗薯泥，塞到寬大的衣袖中。

簡蘭芝也看懂何葉的動作，面上卻依舊帶著焦慮的神情。「哪裡不舒服？娘陪妳去後頭休息一下。」

「不用了，我稍微休息一下就回來。」何葉將簡蘭芝按在原位上。

何葉環顧周圍的菜餚，發現只有簡蘭芝這一份是看著有問題的，那對方肯定是衝著某個人。

何葉從簡蘭芝身邊讓開的時候，躲在一旁的付嫣嫣，一眼就看到了簡蘭芝面前的碗不見了，只能哼的一聲，轉身就走。

這個時候，何葉敏感的看到迴廊的圓柱後面閃過的一片粉色裙角。

「妳真的沒事？」簡蘭芝還是不放心何葉。

「娘，真的不用擔心我，您就安心在這裡，我去去就回。」何葉說道。

雖然何葉以一種相對不自然的姿勢暫時離開宴席，卻並未引起太大的騷動，夫人小姐們只以為何葉是回去換身行頭，或者回去補妝。

何葉朝著粉色裙角離開的方向追了上去，中間遇到了滿月，將那一碗薯泥直接塞到她手中，扔下了一句「拿好，有毒」。

滿月看著手裡那碗薯泥，差點沒把碗給扔出去，但還是小心翼翼的捧著，朝何葉離開的方向跟了去。

何葉看著後院平時空置的小房間，房門敞開了一條縫，猶豫再三，還是推開門。

何葉擔心有人躲在門後面會突然衝出來，只是站在門口，沒有入內。

「有人在裡面嗎？」何葉試探的問道。

房裡傳來的只有何葉的回聲。

何葉剛要走進去，就被後面的人拉住手臂，何葉一嚇，待看到來人是江出雲，才鬆了口氣。

江出雲衝著何葉比了個手勢，示意何葉留在門口，自己輕手輕腳的走了進去。

一個茶杯衝著江出雲飛了過來，江出雲頭一偏避開了，茶杯落在江出雲背後的牆壁上。

那人見沒得手，打開一邊的窗，想要爬出去，結果還沒爬出去，就被江出雲拽著後領拉下來，摔在地上。

江出雲看著坐在地上咬牙切齒的人，只覺得有點眼熟，卻想不起在哪裡見過。

何葉見已無大礙，才進了房間。「付嬤嬤，果然是妳！」

「是我，怎麼了？當初我沒跟妳告別，這不就來看看妳嗎？」付嬤嬤拍拍身上的灰，從地上站起來。

江出雲這才想起來，之前在貢院門前似乎見過這個姑娘。

滿月終於捧著那碗薯泥跑了過來。

「妳怎麼進來的？」

「我怎麼進來的，用不著妳管。」付嬤嬤頤指氣使的說著，彷彿她才是丞相府的主人。

何葉冷笑了一聲，看著付嬤嬤。「妳怎麼進來的，我是管不著，但是妳意圖在丞相府宴席上下毒，妳說我管不管得著？」

「妳……妳胡說……」付嫣嫣見何葉步步緊逼，也緊張了起來。

「那這是什麼？」何葉伸手從滿月手裡拿過那碗薯泥，放到付嫣嫣面前。「給妳吃，妳吃嗎？」

付嫣嫣將碗往外推了點。「怎麼？妳讓我吃，我就要吃，我憑什麼聽妳的？」

何葉想，她怎麼以前沒發現付嫣嫣還有點槓精的天賦。「妳為什麼不敢吃？」

「妳不是說下毒了嗎？」付嫣嫣反駁道。

「我是說下毒了，但沒說下在哪裡，又不是就這一碗就是有毒藥的。」何葉也依舊窮追不捨。

「這個不就是銀杏果磨成的泥嗎？知巷裡不就有一棵嗎？誰還不知道呢？」

何葉看著付嫣嫣依舊虛張聲勢的樣子。「妳還要裝嗎？既然妳這麼愛裝，看來我不把妳送到府衙裡妳是不會認的。滿月，去叫人，就說有人意圖謀害朝廷命官和當朝王爺。」

「好的，小姐，我這就去。」說完，滿月就跑了出去。

「何葉，我沒做過！就算官府的人來了我也不怕！妳別以為妳現在是丞相府的千金小姐，就能為所欲為。」

「既然妳這麼堅持，那隨便妳，我把這裡門窗鎖了，等人來了，官府見吧。」何葉說著，轉身就要離開。

「憑什麼？憑什麼宋大哥喜歡的是妳？憑什麼妳是丞相千金？什麼好的都是妳的，我什麼都沒有！」付嫣嫣聲嘶力竭的對著何葉叫道。

「妳不覺得這是妳自找的嗎？」何葉直視著付嫣嫣。「妳覺得妳的日子不好過，可妳有愛妳的爹娘，有鄰居疼愛，妳還不知足嗎？」

「妳知道我有多討厭妳嗎？永遠都是那副置身事外、高高在上的樣子，明明宋大哥喜歡妳那麼明顯，妳卻只知道利用他的感情，不然我也不會給妳下毒！」付嫣嫣氣急敗壞的說道。

「妳說的喜歡，也只有妳自己知道是不是真正的喜歡。」何葉想著之前付嫣嫣在江出雲和顧中凱面前拚命表現的樣子，覺得一陣噁心。

外面傳來了雜亂的腳步聲。

滿月去府衙報案的時候，對方一聽是丞相府的人，想著今日刑部尚書也在丞相府參加宴席，擔心去得遲了，會被追責，立刻疾奔著前往丞相府。

滿月也知道此時還不容聲張，只是帶著人從府裡後門進來。

府衙的人立刻將付嫣嫣押送離開，付嫣嫣還在叫嚷著。「何葉，妳不要臉！」

江出雲站在一旁對著何葉說道：「別放在心上。」
何葉這才想起來問他。「你怎麼往這邊來了？」
「剛才看到妳和夫人說話，之後神色匆忙的走了，不放心，就趕來看看。」江出雲說道。
雖然滿月已經盡可能不聲張，但丞相府的事情還是逃不過陶之遠和簡蘭芝的耳朵。
簡蘭芝匆匆往後院過來。「我怎麼聽說都叫衙役了？」
「沒事，都處理好了，您別擔心。」何葉拉著簡蘭芝的手。「我們到前廳去吧。」
「真沒事？」簡蘭芝依舊不安的問道。
「不信，您問江公子。」
「夫人，的確沒有大事。」江出雲說道。
簡蘭芝這才和何葉回到前廳，江出雲跟在二人身後。
待回到前廳的時候，何葉這才發現明明沒過多久，就已經杯盤狼藉，估計宴席也快散了。
宴席結束之後，簡蘭芝自然將付嫣嫣的事情告訴了陶之遠。
陶之遠讓何葉不要再管此事，他會全權處理。
何葉一開始只是以為付嫣嫣被她爹娘寵壞了，有點小性子，卻萬萬沒想到她竟將生銀杏碾成泥用來下毒，生銀杏毒性強烈，哪怕是炒熟後，過量食用也會引起中毒。

何葉從滿月口中聽說，那份薯泥原本是要送到她面前的，只是付嫣嫣擔心被何葉認出來，才一轉身端到簡蘭芝面前。

當時現場觥籌交錯，誰也沒注意到她的行蹤，若不是何葉聽了李團圓的話，多留了一個心眼，恐怕會再一次重演御宴時的事情。

轉眼三日已經過去，何葉還記著簡蘭芝答應讓她能夠去廚房的事情，就開始琢磨著要搭個烤箱。

說來也巧，那日陶之遠背著簡蘭芝偷偷來找何葉。

何葉一開始對陶之遠來找自己這件事，多少有點出乎意料，直到聽了陶之遠的來意，何葉才明白過來。

「那個……葉葉啊……」陶之遠沈默了半晌才開了口。「妳娘今年生辰快到了，妳看，是不是給她準備點什麼……」

「可以啊，當然沒問題啊。」何葉爽快的說道。

陶之遠似乎沒想到何葉會這麼爽快的答應。

何葉心中卻想著，她現在吃穿住行的用度都是丞相府出的，她之前在聿懷樓賺的那點儲蓄，和簡蘭芝往她房間送的首飾衣服比起來，簡直小巫見大巫。

「您放心，這生辰宴就包在我身上了。」

何葉的話無疑給陶之遠吃了一顆定心丸，陶之遠來之前還在擔心，他這段時間以來一直忙於政務，疏忽了和何葉的交流，若是他去說，會不會被拒絕。

他甚至都提前計劃好第二套方案，若是何葉不同意，再由寧嬤嬤出面去說。

何葉想著正逢簡蘭芝生日，那正好搭烤箱的事情可以被安排進日程中。

滿月一聽要搭烤箱也來了興趣，找人從外面搬了磚回來，再用上鐵皮，作為烤箱的夾層。

當烤箱搭好的那個晚上，何葉試著烤了一些香菇、肉串，頗有點現代燒烤的感覺。只是稍微一不留神，沒有控制好火候的話，五花肉就變成了一堆焦炭。

何葉想著是不是能找外面的鐵匠鋪子，訂製一個能放炭燃燒的小型烤箱，配上帶有孔的燒烤鐵網，去街邊擺攤，也不失為發家致富的可行操作。

不過這在古代似乎製造成本高了些，不知道何時才能盈利，更何況燒烤這種東西雖然好吃，但多吃也確實無益，何葉這才放棄了這個想法。

而這陣陣的香氣，也吸引了丞相府眾人競相在廚房門口觀望，直到看到簡蘭芝帶著寧嬤嬤朝廚房方向走來，下人才一哄而散，生怕受到責備。

何葉揣著手，正在端詳這個其貌不揚的烤爐是不是能夠如她心意，給簡蘭芝烤出一個蛋糕。

「這是在做什麼？」簡蘭芝看著幾個人圍著那個烤爐，不停的在忙活著。

「娘，您來了，這是之前給您提過的烤爐。」何葉自從那日叫過簡蘭芝「娘」之後，也沒了心理負擔。

「妳搗鼓得開心就行，但記住千萬別受了傷。」簡蘭芝還是不放心的叮囑了一句。

何葉聽著簡蘭芝的囑咐，點了點頭。

滿月也在一旁附和道：「夫人放心，我一定不會讓小姐受傷的。」

簡蘭芝看著何葉潔白的額頭上滲出的汗珠，拿了手帕，幫她擦了擦。

何葉抬頭對著簡蘭芝笑得開心。

簡蘭芝剛走沒多久，前廳的管事就急匆匆的跑來通報說：「小姐，夫人讓您趕緊去前廳一趟，說是何師傅和他兒子都來了。」

何葉一聽何間和何田來了，連形象也顧不上，頭髮還因為汗珠黏在額頭上，拔腿就往前廳跑去。

滿月則追在後面。「小姐，您別跑了，何師傅應該沒那麼快走的。」

何葉此時卻顧不了那麼多，只是一路跑進廳堂。「爹、弟弟，你們怎麼來了？」

「姊！」何田見何葉進來了，立刻站了起來，想要奔過去，但看了看周圍的氛圍，又乖乖坐回位子上。

簡蘭芝見何葉已經來了，就稱還有帳沒算完，讓何葉招待二人，將空間留給他們。

何葉自然是求之不得，只是還沒來得及細想他們上門的原因，何間便開口了。

「田兒，你不是吵著說要逛逛丞相府嗎？」

何田在和姊姊敘舊和逛丞相府之中，艱難的選擇了後者。

何葉讓滿月帶著何田去後院逛逛，順便看如果烤爐還生著火的話，給何田烤點年糕之類的小點心。

何田一聽有吃的，原本沮喪的臉才轉陰為晴，興高采烈的跟著滿月走了。

何葉也猜到何間有話要跟她說，才會特地支開何田。

「福姨還好嗎？」何葉率先問道。

「挺好，原本今天叫她一起來，她不肯來，說高門大戶她進來就緊張。」

「福姨還是老樣子。」

說完這句話，空氣突然陷入了凝滯的狀態。

「今天，我來找妳，也是受人所託……」何間躊躇了半天還是開了口。

何葉心裡此時也猜出了一二。「可是為了付嫣嫣的事情？」

「是，妳也知道，和老付家街坊鄰里這麼多年，老付就這麼一個女兒，這都哭上門來了，總不能不理，我也不是來為她求情的，只是走總歸要走一遭。

「我也知道這件事不好做，畢竟付嫣嫣這次確實觸碰到了底線。

「這次是她不對，所以我也只是來看看妳過得好不好，回去我跟老付自有交代。」

何間也正色說道。

說實話，當何間開口的時候，何葉真的以為何間會因為多年的情面來幫付嫣嫣求情，她在心裡也打好了拒絕的底稿。

如今何間的態度卻又令何葉感到為難，她有點擔心回去後何間和老付家撕破臉皮。

「付家那邊真的沒關係嗎？」

「妳不用擔心了，我會妥善處理好的，更何況這次付嫣嫣是投毒未遂，老付家想必也沒臉再待在知巷了。」

何間說話時不無悵然，畢竟他也是看著付嫣嫣從一個小蘿蔔頭長成現在亭亭玉立的大姑娘，只可惜心思沒有用在正道上。

何間突然想到。「聽說，老付也去求了小宋，小宋和老付不知道說了些什麼，老付大罵小宋沒良心，鬧得整條知巷都知道了。」

「那宋大哥還好嗎？」

「還行吧，每天反正就去府衙裡，看著也挺好，現在福姨去給他送飯，他還會給福姨銀子。」何間嘲笑般的笑了一聲。「再過幾年，或許小宋就是聿懷樓的常客了，我都不知道還在不在了。」

何葉趕緊打斷何間的話。「爹，您胡說什麼？我在後院搭了個烤爐，一起去看看嗎？要不晚飯在這兒一起用吧。」

「不了，等田兒回來就回去了。」

何葉一時沒看見下人，想著還是親自去找何田，要何間一起去，何間卻說他一個外姓男人不適合去後院。

後院裡，何田正蹲在地上看著鐵板上的五花肉滋滋作響。「姊，妳來了！剛才滿月姊給我烤了年糕，外脆裡軟，還裹了一層白糖，真的好吃，我以前從來沒發現年糕這麼好吃！」

「想吃，下次你再來，再烤給你吃。」

「姊，我覺得爹今天能帶我來就是破例了，他應該不會允許我到丞相府來。」何田不無遺憾的說道。

「那下回我叫滿月去接你。」何葉原來想說讓何田偷偷溜過來，轉念想到何田有點無法無天的性格，還是換了種說法。

「行，那姊妳一定要讓滿月姊來接我。」何田想著何間還在前廳等他，就要往前廳跑去。

何田離開前，何葉拉著他絮絮叨叨了好久，讓他盯著何間不要多喝酒，讓他也好好去私塾讀書。

「姊，別說了，我都知道了，還有，烤五花肉留給妳吃。」何田對著何葉揮著手，離開了後院。

滿月見何葉站在原地，沒有要去送二人離開的意思，才跟著出去送了送。

何葉看著何田離開的背影，閉了閉眼睛，想著若是去送了，心裡大概也是五味雜陳的滋味。

「走了嗎？」簡蘭芝從院子裡走了過來。

「剛走沒多久。」何葉轉身裝作收拾東西，不想讓簡蘭芝看出她複雜的心緒。

「昱王府送了帖子過來，我讓寧嬤嬤放去妳房裡了，不過，妳也知道王府不比相府，到時候，言行舉止都要注意。」

「我知道了，等去的前一日，我會請寧嬤嬤再提點一下禮儀的重點。」

簡蘭芝也看出了何葉似乎有點心緒不寧，就不再在她耳邊念叨。

何葉長吁了一口氣，開始繼續研究烤爐，應該可以依靠壘磚塊和鐵皮的高度來調整烤製的情況。

想來，還是要在簡蘭芝生辰之前，準備試烤一下蛋糕，來確保當日驚喜的萬無一失。

第二十四章

要去昱王府的這日，何葉還在夢鄉中沈沈的睡著，卻被寧嬤嬤從溫暖的被窩裡撈了起來，開始給何葉梳妝打扮，嘴上還唸唸有詞的說：「今天去昱王府，千萬不能給丞相府丟臉。」

還迷糊著的何葉，在半夢半醒之間，答應著寧嬤嬤。

寧嬤嬤還不放心的說她要替滿月陪著一起去，何葉這才一個激靈清醒了過來。「不用了，滿月陪我去，昱王妃之前也說了，就是一點小事。」

何葉想著若是寧嬤嬤跟著一起去了，還指不定被她怎麼嘮叨。

寧嬤嬤離開後，滿月卻是愁眉不展。「小姐，您還不如讓寧嬤嬤陪您一起去，我常年都在廚房，哪裡懂什麼規矩？」

何葉反過來勸慰滿月。「妳就當去開眼界了，妳也有過人之處，不然也不會被寧嬤嬤分派到我身邊。」

一切收拾停當，吃過了午飯，何葉這才坐著馬車出門，晃晃悠悠的到了昱王府門口。

滿月替何葉向門房遞上了帖子，門房一看。「陶小姐，昱王妃已經吩咐過了，您裡面請。」

何葉對陶小姐這個稱呼多少還有點陌生，卻也不得不接受。

進了府門，何葉發現昱王府不愧是皇家氣派，雕梁畫棟，比起丞相府更是闊達了許多。

還沒到院子裡，昱王妃就迎了上來，何葉尋思著她似乎擔不起昱王妃如此禮遇，不過還是按照著寧嬤嬤教的，給昱王妃行了個禮。

「無須多禮，今日就我們兩個人好好說說話。」昱王妃說著，屏退了左右的人。

何葉確實不清楚昱王妃葫蘆裡賣的什麼藥，她覺得自己也沒有和昱王妃熟稔到如此地步，看向昱王妃的眼神中難免多了一絲警惕。

「妳也別緊張，我不會為難妳的。」昱王妃也知道她的舉動多少有點讓人出乎意料。「就是之前看妳能在聿懷樓堅持那麼久，想著妳也是挺特別的，那日見過妳之後，我更是確信如此。」

何葉想著昱王妃這些話，莫不是在誇獎她？秉持著千錯萬錯，謙虛不錯這一原則，說道：「王妃謬讚了，小女子不才，承蒙王妃抬愛。」

「妳我之間，不必如此客套。我就是看中妳身上那股子韌性，妳說這務城女子個個都想追求更好的生活，但像妳這樣真正做到的又有幾個？」昱王妃說道。

何葉想著她不過是將前世的習慣帶到了務城來，前世如果不出去做兼職，連生活費都困難，要是沒錢，就只能天天過著吃泡麵的日子。

昱王妃將何葉帶到房間坐下。「妳在這兒坐一坐，我去把話本拿過來。」

何葉看了一圈屋子裡的裝飾，桌上放著雪花酥和綠豆糕一類的小點心。窗邊的小瓷瓶裡插著一枝桂枝，倒顯得分外清雅，一室生香。

「給，妳看看。」昱王妃將一本藍色封面的冊子遞給了何葉。「因為我這身分，身邊也沒個能說說話的人，下人敬我三分，旁人敬我十分，也難為妳還願意上門聽我說說話。」

昱王妃見何葉已經開始翻閱起手中的話本，也就不再多言。

看著話本的何葉，原以為這個話本只是普通才子佳人的故事，卻沒想到是個江湖故事，講述一個姑娘從塞北一路前往務城，尋找失落的家族藏寶的故事。

「是不是很無聊？」昱王妃小心翼翼地問道。

「很有趣，情節跌宕起伏，讓人有一探究竟的慾望，我都迫不及待想知道後續了。」何葉看著坐在對面掩嘴而笑、溫婉可人的昱王妃，很難將這個故事和她本人聯繫在一起。

「我從小生在高門大院裡，要是出去，就是郊遊的時候，卻也要和各家千金一起，那個時候就想著自己若是俠女該多好，我真羨慕妳之前在聿懷樓的那一段經歷。」昱王妃頗有點自說自話的說道。

何葉覺得現在的自己也是一樣，出門總是跟著一群人。

「我自顧自說太多了，妳是不是嫌煩了？其實，今日我主要有一件事想要請妳幫忙。」昱王妃說出了她真正的目的。「我從未下過廚，我想妳是不是能教我做樣點心，我想做給昱王殿下吃。」

昱王妃說這話的時候，臉上已經是紅霞遍佈，露出嬌羞可愛的樣子。

難怪昱王妃能得到昱王的如此喜愛——何葉如是想著。

「那王妃您可有什麼想法？」何葉想先徵求一下意見，才能作決定。

「這我也不是很懂，妳作主就行。」昱王妃將決定權交回給何葉。

看著窗邊的桂枝，何葉心裡也有了主意。「這桂樹現在可還開花？」

「正開著呢，在後院裡，可是要賞花？」昱王妃問道。

「不妨就拿桂花做糕點吧，先去採點桂花。」何葉想到了之前在何家翻閱食譜的時候，從書中看到的廣寒糕的做法，覺得可以一試。

何葉以為昱王妃會讓府中的下人來採摘，但昱王妃卻說既然都要動手，就要從頭體驗。

何葉回想著當初看過的步驟，慶幸今日帶來的是滿月，在廚房的事情上還可以幫她打個下手。現下需要提前用石臼將米和好舂粉，便讓滿月通傳到廚房。

畢竟昱王妃是嬌養在家的，總不能讓她連這些粗活也一併體驗了。

在採摘桂花的時候，昱王妃有意無意的給何葉講著這務城的逸聞趣事，其中還夾雜了達官貴人的八卦。

卻突然話頭一轉，昱王妃將話題帶到了何葉身上。「妳可知道，妳現在是整個務城未婚公子家裡的首選對象。」

這話令何葉也是一驚，心中突然閃過了一個念頭，莫不是看話本和做糕點都不是今日的主題，說媒才是？

「我沒別的意思，就是聽昱王提起過，似乎太子殿下明裡暗裡也有意娶妳為側妃。」昱王妃說道。「妳目前可有心上人？」

何葉想著，她穿越而來最怕的就是和皇家中人扯上關係，難道現在還是逃不過嗎？

當昱王妃提到心上人的時候，何葉也不知道為何腦海中閃過了江出雲的身影，但她沒表露出來。「啊……沒有。」

昱王妃一看何葉的表情，就知道事實肯定並非如何葉所說，只是在她面前不好意思言明。

「再悄悄告訴妳一個秘密，我有身孕了，昱王也還不知道，我就是今日打算做了糕點給他個驚喜。」昱王妃特地壓低聲音，神秘的說道。

何葉一下子知道了接二連三的秘密，覺得她可能需要一點時間來消化，但想著若是昱王妃有了身孕，她現在還讓昱王妃站在這兒受累，就是她的不對了。

何葉想讓昱王妃去一邊休息，昱王妃卻不肯，何葉看了看筐裡的桂花，覺得量也差不多了，二人才停了手。

既然昱王妃有身孕在身，何葉就命人搬了一把椅子到廚房，讓昱王妃坐著。

她先將甘草放入沸水中過水，將甘草水和桂花混合，何葉預留了一部分桂花，打算另作他用。

這時，下人將剛才舂好的米拿了過來，已經是黏糊的團狀了。

何葉想著時間差不多，就讓昱王妃將甘草水倒掉，將桂花均勻撒入麵團中，昱王妃被黏稠的麵團黏得滿手都是，一臉茫然的看著何葉。

見昱王妃一臉困惑，何葉噗哧一聲笑出來，接過昱王妃手裡的活，開始將麵團分成一個個小糰子，上蒸籠準備蒸熟。

何葉將方才剩下的、沒有浸過甘草水的桂花蒸過瀝乾，取來一個小罐子，將桂花倒入罐中，平鋪了一層桂花，再淋上一層蜜，兩者交替著層疊，最後倒入薄薄一層蜂蜜，放置七天以上，就是桂花蜜。

昱王妃看著何葉的動作，也饒有興味。

何葉對昱王妃囑咐道，一週之後可開封食用，到時候可用桂花蜜泡茶，也可用來調味湯圓、糰子之類。

昱王妃將何葉說的話一一記下，就在何葉陪著昱王妃等待廣寒糕出爐的時候，前面來了管事通知昱王妃，說是昱王已經回府了，一起回來的還有江出雲。

「江公子也來了？」昱王妃問道。

「回王妃的話，似乎與昱王殿下有事商議，現在往書房去了。」管事回答。「昱王殿下已經吩咐下了，說讓江公子留膳。」

「那我這就把廚房讓出來，讓廚房也準備四人份的飯菜。」昱王妃對著管事吩咐下去，轉頭對著何葉說道：「妳在這兒一起吃了。」

何葉想推託，不想打擾昱王夫婦二人的時光，昱王妃卻已讓府裡的人去丞相府通傳，省得丞相和丞相夫人擔心。

說話間，蒸籠裡已經散發出蒸騰的熱氣，何葉揭開蓋子，雪白的糰子上點綴著點點金黃的桂花，散發出溫和的香氣。

何葉趁熱挾了一塊出來，搧涼了點，給昱王妃嚐了嚐味道。「好吃。」

何葉自己另挾了一塊，嚐了嚐味道，米香醇厚、桂花的清香不甜不膩，讓人口齒餘香。

昱王妃將其他的廣寒糕擺盤放好，放在食盤上，讓下人待吃過晚飯後再端上來給昱王品嚐。

昱王府書房，傳出了昱王和江出雲對話的聲音。

「辭官？」饒是昱王如此冷靜自持的人，也被江出雲的話驚得說不出話來。

「是。」對著昱王的江出雲臉上絲毫沒有變化，彷彿說的事情與他並無關係。

「你當業朝的官場是你想來就來、想走就走的遊戲場？」昱王說話的語氣也不自覺帶上了點怒氣。

「從未如此想過，只是官場並不適合我，我也無心於此。」江出雲說道。

「那你當初為何參加科舉？你可想過，我父皇知道，又會作何想法？就算父皇再喜歡你，也不會容你胡來！」昱王的話語中半是疑問，半是告誡。

「那敢問殿下，您覺得聖上會放任武將獨大嗎？」江出雲的反問讓昱王一時陷入了沈默。「之前鎮國將軍在御宴上鬧上這麼一齣，聖上不說，但想必心裡已經有了芥蒂。」

「就算你能過了我父皇那一關，你可有想過，寬陽侯那邊你要如何交代？」昱王說話的口氣聽起來難免有些咄咄逼人，但江出雲並不放在心上。

「寬陽侯估計會在府裡大鬧一場。」江出雲冷笑著說出這一事實，似乎並沒有將寬陽侯的態度放在心上。

「看來你已經作了決定了。」昱王對江出雲的態度已經了然於心。「那今日來找我是為何？」

「我想盤下聿懷樓。」

昱王知道江出雲必然來者不善，卻沒想到竟如此直接。「你可知道你在說什麼？」

「自是清楚，殿下應該也聽說了最近大臣中私下的傳聞。」

昱王想起了那些傳進他耳朵中的風言風語，自從彥王被禁足之後，太子的動作也越來越大，父皇的態度則是睜一隻眼、閉一隻眼。

同時，也傳言父皇有意解了彥王的禁足，解除禁足後，將第一時間讓他前往封地。為了保證讓彥王前往封地這一件事看起來合情合理，也為了堵住悠悠眾口，昱王也將另配封地。

「傳聞而已，你不覺得你似乎太急了？」

「昱王殿下，聿懷樓在您手中一日，您就被太子殿下多針對一日，不如早日脫手。」

昱王看著直言不諱的江出雲，他知道江出雲說得在理，只是聿懷樓不只是他一個人的心血，也是王妃的心血，需要和王妃商議，才能決定。

江出雲見昱王多有猶豫，也不急於一時，畢竟他的提議也算突然。

既然江出雲來王府的正事辦完了，昱王便讓下人去請昱王妃到正廳吃飯。

昱王妃帶著何葉進了正廳，昱王多少有點意外，他知道何葉今日會過府拜訪，但沒料到何葉也留下來一同吃晚飯。

江出雲見到何葉，也流露出了一瞬的訝異。

眾人落坐，等著下人將飯菜一樣一樣端上來。

昱王妃拉著何葉坐下，對何葉說：「我近日收到某家送來的蘆薈，說生吃可以讓肌膚更為光滑。有好幾盆，妳待會兒要不讓下人帶一盆回去？」

何葉一聽，開始緊張了起來。「王妃，妳可吃了？」

「沒有，那東西長得奇怪，看著並不好吃，妳可有什麼法子？」昱王妃問道。

「我能看一下蘆薈嗎？」

昱王妃只當何葉好奇得緊，便讓下人去搬過來。

沒過多久，下人就將陶盆栽種的蘆薈搬了過來，何葉離開座位，也顧不得禮儀，蹲著細細端詳。

「王妃，這種蘆薈可能並不適合食用，還是當觀賞用比較好。」何葉想著，不清楚送禮的人是真的不知道這種蘆薈不能食用，還是無心之失。若是後者，必定要讓昱王妃提醒對方。

「那這可是有毒？」昱王比昱王妃還緊張的問道。

「並不是所有蘆薈都有毒，只是這盆應該不可食用，若是攝入豆子般大小，也無大礙，只是多了就可能引起中毒的徵兆。」何葉頓了一下。「考慮到王妃現在的身體狀況，或許還是請御醫確認較為妥當。」

何葉突然感覺到昱王妃輕輕掐了她一下，這才意識到自己似乎說了太多，好在對面兩個人沒有發現何葉話中帶話。

「那我知道了，我會注意的。」昱王妃趕緊接話。

「是誰送妳的？是否別有居心？若不是今天陶小姐發現，這不就出事了？」昱王對送禮的人十分不滿，大有要追究對方責任的意思。

「先吃飯，客人還在，菜都涼了。」昱王妃將昱王的飯碗往他面前推了推，頗有岔開話題的意思。

因今日何葉和江出雲都在，昱王也不好發火，只能忍住火氣，待二人離開後再詳細詢問事情的前因後果。

昱王府吃飯秉持著「食不言」的準則，一頓飯吃下來只能聽到眾人在咀嚼的聲音，沒有人說話，偶爾昱王和昱王妃二人互相給對方布菜，目光相互交流一下。

何葉坐在那兒捧著碗，覺得可能看著這二人秀恩愛就飽了。

坐在對面的江出雲則是目不斜視，只專注於面前的飯菜，只有何葉的目光瞥向他的時候，他才似有所感，抬眼和何葉對視一眼。

這二人微不可察的互動，被昱王妃收進眼底，結合下午何葉猶豫的回答，她心下大致有了答案。

晚飯結束，眾人往偏廳的路上，何葉挪動到江出雲身邊，和走在前面的二人拉開距離，悄悄跟他說，若是他事情結束了，待會兒她要走的時候，讓他跟她一起走。

何葉還沒來得及說原因，就見昱王妃轉過身來對他們二人親切的說道：「你們留下來喝點茶再走吧。」

「我還有點事情要處理，就不打擾昱王和昱王妃了。」江出雲率先開口。

何葉反應過來，立刻接口。「天色已晚，若是再不歸家，想來家母也是要擔心。」

「也是，再晚，姑娘家回去也不方便。」昱王也無意讓二人再久留。

「昱王殿下、昱王妃，請放心，我會將陶小姐送回丞相府的。」江出雲對著二人說道。

「那好，你二人路上小心。」昱王妃囑咐下人去將馬車駕到府門，她本想送二人離開，卻被何葉攔住。

何葉衝她眨眨眼，昱王妃看懂了何葉的意思，也就不再堅持。

只是看著二人離去的背影，對著昱王嗔怪道：「你怎麼就把人趕跑了？」

昱王沒有回應，反而追問道：「那蘆薈是誰給妳的？」

「是太子妃送過來的，你不用管了，我會妥善處理的，應該不至於那麼正大光明的使手段，或許她也不清楚，我反倒該去提醒她一聲。」

昱王點點頭，這妯娌間的事情，想來昱王妃自有辦法。

晚上似乎光顧著吃飯，何葉此時覺得腹中有點脹，想著昱王府離丞相府也不算遠，就琢磨著散步回去。

「江公子，不用送我回丞相府了，我走回去就行了。」何葉說著。

「我也沒事，就送妳回去，剛才只不過是藉口。」

何葉想著，還是她讓江出雲趕緊離開昱王府的，正好在路上跟江出雲解釋一下。

「滿月，妳跟著馬車一起回去吧。」何葉想著滿月不必陪她一起走回去，多少輕鬆一點。

「小姐，這不大好吧……」滿月猶疑的看了看何葉。

「沒什麼不好的，去吧，我一會兒就回來。」

「小姐，我提前回去了，夫人那邊我也不好交代，我就遠遠的跟著您，絕對不打擾您和江公子。」

何葉看著滿月就差舉手發誓了，只能由她去了。

秋日的風，吹起了地上的枯葉，一圈一圈打著旋兒。

「剛才妳說昱王妃的身體狀況是怎麼回事？」江出雲並不介意何葉讓他先離開的事情，反而更為在意她在吃飯前說的那番話。

「那個……」何葉的眼神有點閃避，不知道該不該說，但想著既然昱王妃打算今天告訴昱王，應該不日就會人盡皆知。「我說了，你如果聽懂了，也麻煩你保密。」

「可以。」

何葉相信江出雲不是會多嘴的人。

「估計昱王妃的事情，沒幾日皇上知道了，應該就會下旨賞賜了。」何葉知道昱王妃此事畢竟屬於女子間的私話，只能盡可能的婉轉提示了昱王妃的情況。

江出雲聽著何葉如此隱晦的說明，稍微思索了一下賞賜的可能性，他大概能猜得八九不離十。

「那看來要送給昱王府的賀禮要準備起來了。」江出雲明白了何葉的意思。

二人走著走著，逐漸遠離了昱王府，周圍的街邊也熱鬧起來，只是這時間各種商販都開始準備收攤回家。

「妳聽說了嗎？太子殿下對妳的態度。」江出雲的話，讓何葉一時愣在了原地，一步都無法向前走去。

「聽到了，應該只是傳言。」何葉勉強想擺脫這件事情會對她造成的影響。「如果是真的，我爹娘應該也會阻止的。」

「如果沒辦法阻止呢？」江出雲說出何葉內心深處的恐懼。

「那我就放棄現在這個身分，太子要娶的並不是我，而是丞相的女兒。」何葉稍微想想前世那些電視劇，就知道這些聯姻的事情，無非就是利益牽扯。

「若我去向皇上求旨娶妳呢？」這一次，江出雲停在原地。

何葉本沒意識到江出雲停下腳步，依舊朝前走去，聽到這話，猛地回過頭來看著江出雲。「你要娶我？」

「是。」江出雲給出肯定的回答。

「我不覺得我現在的處境需要任何人來可憐我，甚至因此娶我。」何葉覺得江出雲的提議，更像是在同情她。

江出雲上前兩步攔住何葉。「如果不是喜歡妳，我不會說這種話。」

何葉算是明白了江出雲的心意，但是她現在的腦子裡如一團亂麻，不知道應該怎麼回覆。

「滿月，我們走了。」何葉高聲叫著滿月。

滿月小跑著上前了兩步。「小姐！」

「走吧。」何葉有點羞惱的說道。

滿月看了看站在一旁的江出雲，想著小姐的事情不是她能干預的。

往前走的時候，滿月回頭看了一眼背後，發現江公子還跟在她們二人身後。「小姐，江公子還在後頭呢。」

不用滿月說，何葉其實也知道，只是她現在還沒想好應該用怎樣的態度來面對江出雲。

直到快到丞相府的門口，江出雲才走到何葉面前攔住她。「妳若是考慮好了，我等妳的答覆，我會讓我娘來提親的。」

何葉又羞又窘，滿月則是聽著江出雲的話，一臉驚詫。

待到江出雲離開，滿月拉著何葉問長問短。「小姐，江公子跟您說什麼了？怎麼都說到提親了？」

經過這段時間的相處，滿月也知道何葉並不如其他世家小姐那般難相處，有時候難免沒大沒小起來。

何葉不願多說，沒有理睬滿月滿是好奇的眼神，只是回到房間，趴回床上，將臉埋進錦被中。

「聽管事的說，妳回來了，剛才給妳爹燒了點核桃糊，也給妳拿了一碗過來。」簡蘭芝說著，推門進屋。

何葉這才從被子中七手八腳的爬了起來。

簡蘭芝一進門就看見何葉髮髻略微散亂的坐在床上，她將核桃糊放在桌子上，轉頭去問何葉。「怎麼了，垂頭喪氣的。」

何葉捋了捋散亂的頭髮，一改剛才懶散的姿態，正色道：「娘，您知道太子那邊的事情嗎？」

簡蘭芝聽到何葉如此問，就知道世上沒有不透風的牆，想瞞也是瞞不住了。「妳聽昱王妃說了？」

「反正就是聽說了。」何葉並不打算將昱王妃供出來。

「妳爹為這件事也是發愁，不過妳放心，好不容易把妳找回來，不會輕易把妳嫁出去的，我們葉葉要嫁，也得是明媒正娶，去過太平日子的。」簡蘭芝向何葉表明了態度。「不要放在心上，好好休息。」

簡蘭芝摸了摸何葉的頭，臨走前還囑咐著她記得喝核桃糊。

有了簡蘭芝的話，何葉多少放寬了一些心，但她更發愁的，則是江出雲的表白。

何葉坐到桌邊，看著那一碗褐色的核桃糊，心不在焉的舀起一勺。只加了少量的糖，香氣四溢，卻也遮不住核桃本身淡淡的苦澀味。

簡蘭芝離開後，徑直去了書房，對著陶之遠抱怨道：「你還說不要緊，葉葉這都知道了。」

「不是都瞞著了嗎？」

「這還不是今天去了一趟昱王府。」

陶之遠在書房裡來回踱步想著方法，突然心生一計。「妳說，太子那邊現在也不過是試探，若是我們將葉葉提前訂親，如何？」

「你這不是害了葉葉嗎？隨便找一個人就將她嫁了？」簡蘭芝十分不滿。

「什麼叫隨便找個人，這務城適齡的子弟又不是沒有，就今年的前三甲，我看就不錯，那個叫宋懷誠的，我聽說以前還和葉葉同住一條巷子裡。」陶之遠想著，這女兒也是經歷百般波折才找回來的，自然是要捧在手中。

「可是這宋懷誠可是寒門子弟，我們葉葉嫁過去那是要受苦的。」簡蘭芝想了想說道。

「這幾日，我看這宋懷誠是個實誠人，做事也勤快，不日就能升官，妳還操心什麼？」見簡蘭芝對自己的提議老是不滿，陶之遠也頗有微詞。

「今年前三甲可是有寬陽侯府的長子？」簡蘭芝回想起了剛才陶之遠說的話。

「是，怎麼了？妳不會看中他家長子了？不行。我看這孩子性子太冷，外頭傳聞名聲也不好，不像是能待葉葉好的。」陶之遠想起江出雲在翰林院那一副公事公辦的冷臉，直接回絕了簡蘭芝的提議。

「那你可知道這人送過葉葉回家？」

「什麼時候的事？」

「就前日，葉葉去了聿懷樓，碰到江公子，江公子就將葉葉送了回來。我看那樣子也算周正，為人也知禮。」簡蘭芝說得漫不經心，實則在打量陶之遠的臉色。

陶之遠不是沒有考慮過江出雲，只是權臣聯姻，想必是皇上最為忌憚的事情。

「我再考慮考慮，反正絕對不會讓葉葉受苦的。」陶之遠為了讓簡蘭芝寬心，只能如此說道。

陶之遠內心裡卻想，儘管能理解當時簡蘭芝見到何葉的激動，但現下看來，還不如讓葉葉以何葉的身分生活在何家，他們多請聿懷樓過府便是，這樣既可以全家團聚，也比現在這種眾人虎視眈眈的狀況要好得多。

第二十五章

自那日從昱王府回來之後，滿月就覺得自家小姐悶悶不樂，就連在廚房看著廚娘燒菜的時候，也時常坐在一旁，雙目無神的發呆。

為了讓何葉提起興致，滿月提議，不妨將何田接過來住兩天，卻被何葉有氣無力的拒絕了。畢竟她也算是麻煩纏身，不能再將何田也捲到這紛繁複雜的事情中來。

「小姐，那日下毒的那個姑娘，判罰出來了，說是要關個一年，這個處罰結果我都覺得輕了。」滿月不滿的抱怨著，將聽來的消息轉述給何葉。

「畢竟只是下毒未遂，沒有人受傷，才會是這個結果。」何葉對業朝的法例也不甚瞭解，無從評判。

「她可是在丞相府下毒，又不是別的地方，那日那麼多王公大臣。」滿月還是覺得這個判罰太輕了。

付嬤嬤被判了一年，在獄裡的日子必然不會好過，何況這件事對付家來說也算是沈重的打擊，要怪只能怪付嬤嬤做事前沒有為家人考慮過。

後來，何葉才知道，付嬤嬤一出事，由於街坊鄰里議論紛紛，付家總是家門緊閉，有鄰居擔心他們出了事，上門關心，才發現已經人去屋空。

滿月見何葉興致依舊不高，換了話題。「小姐，您聽說了嗎？昱王妃有喜了，那天皇上下旨送了大箱小箱好多賀禮到昱王府，光是送禮的隊伍就綿延了數里。」

提前就知道此事的何葉，只希望昱王妃能安心養胎，能將寶寶平安生下來。

「賀禮可準備了？」何葉發現她光顧著自己發愁，把如此重要的事情都拋諸腦後了。

「夫人已經準備了，也差人送到昱王府上了。」滿月回答道。

何葉點點頭表示知道了，卻突然想起再過兩日就是簡蘭芝生日，似乎應該準備烤蛋糕的事情。

何葉趕緊讓滿月去找了麵粉、雞蛋等食材過來，在這間隙，又忙著給烤爐生上了火。

打蛋、將蛋清蛋黃分離、和麵粉，何葉的動作一氣呵成，沒有檸檬汁只能用白醋代替，用來去除蛋腥味。

只是沒有電動打蛋機，需要手打蛋清，何葉想著就頭痛，但為了實驗成品，何葉還是在兢兢業業的攪拌著蛋清。

「小姐，要不還是我來吧。」滿月覺得她作為丫鬟，未免也讓小姐做太多活了。

「沒事，我自己來就行。」何葉往蛋清裡加糖，只想著能盡快打至發泡。

過了約莫一刻鐘左右，筷子下的蛋清才變成了白色膨鬆的糊狀，用筷子提起，能微微看出稜角。

「小姐，這烤爐是不是火生太久了？」滿月看著那火舌不斷的舔舐著鐵板。

「就當預熱吧。」何葉回答道。

滿月也不知道何葉在做什麼，只能在邊上旁觀學習，想著下次絕對不讓小姐再動手。

何葉將一些蛋白糊倒入剛才做好的蛋黃糊中，均勻翻拌後，再將兩者全部拌勻，倒入之前特地訂製的模具中，放至鐵板上，靜候蛋糕出爐。

烤爐中的麵糊逐漸凝固成形，慢慢膨脹開來，黃色的麵糊表皮也龜裂開紋路，散發出烘焙的香味。

這香氣沒多久卻變成了焦糊味，何葉趕緊將模具緊急搶救出來，發現整個蛋糕表皮都變得黑漆漆的。

滿月看著那個黑漆漆的蛋糕。「小姐，這……」

何葉算是知道了什麼叫做「人倒楣起來，喝涼水也塞牙」。

拿來刀具，何葉將蛋糕一切為二，露出裡面的夾心，只有一塊雞蛋的大小，勉強還能嚐一下。

何葉嚐了一口內芯，姑且還算得上鬆軟綿密，只是烤得過於焦了。看來搭出來的烤爐，只能拿來當燒烤的爐子，或者拿來烤叫花雞之類的葷食，烤的時候也需要時刻注意。

不過還好她還有個備選的方法，就是用平底鍋煎蛋糕，只是那樣做出來的蛋糕口感比較偏硬，質地也相對厚實，沒有烤蛋糕的那種膨鬆感。但也是沒辦法中的辦法了。

轉眼便到簡蘭芝生辰那天，何葉早早的就去給簡蘭芝祝壽，送上之前就準備好的賀禮——用她在聿懷樓工作時賺的錢，給簡蘭芝買了對翡翠耳環。

簡蘭芝看到連連稱漂亮，更是拚命誇何葉有孝心。

中午廚房簡單的下了兩碗長壽麵給簡蘭芝和何葉，重頭戲都留在晚上。

吃過午飯後，趁著簡蘭芝午休的間隙，何葉到廚房開始忙碌起來。她幾日前就想好今日打算吃火鍋。

火鍋可是拉近人與人之間距離的最好方法，何葉考慮到陶之遠和簡蘭芝可能不能吃辛辣的食物，只能放棄牛油麻辣鍋，選擇健康的豆乳鍋。

最重要的就是磨豆漿，何葉讓滿月去買豆漿的時候，滿月表示需要的話直接磨就好了。

何葉這才知道府裡有個巨大的石磨，只是因為不大使用，一直在後院庫房積灰，這次知道何葉要用，下人才從庫房中搬出來。

聽說為了這個石磨，管事還特地去城中的農戶借了頭驢來拉磨。

何葉見如此勞師動眾，內心有愧，在烤蛋糕的時候，多烤了數個，打算分給下人，也算讓他們一同為簡蘭芝慶賀。

何葉提前通知滿月，此時滿月正在將浸泡了一夜的黃豆放入石磨中，加入水，慢慢的黃豆就變成了豆渣，多磨兩圈之後，帶有豆渣的豆漿從石磨的缺口處流了下來。

將磨好的豆漿用紗布過濾兩到三遍，這才獲得了沒有雜質的豆漿。

只不過要變成能飲用的豆漿，還需要再將豆漿燒開。

何葉看著剛磨好的豆漿在鍋中沸騰，冒出白色的氣泡，讓其又燒了一會兒，才關了火。將其倒出，擱置在一旁放涼待用。

何葉接著開始準備豆乳鍋的湯料，若是在現代，豆乳鍋本應該用柴魚、昆布來調鮮味，只是在業朝找不著，何葉改用胡蘿蔔、大蔥下鍋煮開做蔬菜高湯。

在煮高湯的同時，何葉也沒閒著，將其他的食材洗淨，香菇為了美觀在上頭切了十字花，胡蘿蔔也特地刻成花朵的樣子。

何葉將煎過的豆腐、開背的鮮蝦、吐過沙的蛤蜊一一碼放在銅鍋中，再將剛才的高湯和豆漿一次倒入，銅鍋中變成了白茫茫的一片，最後倒入適量的醬油調味。

火鍋自然是少不了各式各樣的丸子，何葉親自將魚、牛肉這些食材剁成泥狀，等著待會兒讓簡蘭芝親手挖成丸子，也讓她親自體驗下動手的樂趣。

就在何葉差不多大功告成的時候，管事傳來了消息，陶之遠已經回府了。

何葉這才急匆匆將刻成「生辰快樂」字樣的胡蘿蔔放到銅鍋中，讓下人小心的端到院子裡。

此時，滿月已經到簡蘭芝的院子中，開始燒炭爐，等著銅鍋一來，火紅的炭便讓鍋中豆漿再次沸騰。

陶之遠進院門的時候，銅鍋已經開始咕嘟咕嘟的冒著熱氣，他見了驚奇不已。「這是什麼？」

剛才聽了滿月說明火鍋內容的簡蘭芝，笑咪咪的對著陶之遠說道：「沒見過吧，說是豆乳鍋，用豆漿做的，葉葉可真有本事！」

陶之遠贊同的點了點頭，想來他為官多年，各種山珍海味、珍奇肉類都吃過，也是頭一回見到用豆漿做的火鍋。

正在二人都對這火鍋驚嘆不已的時候，何葉端著一個小托盤跨進了院子裡。

她怕鍋底味道太淡，又盛了一小碗醬油和一小碟之前姜不凡給她的辣椒醬和辣椒粉過來，也可以當作蘸料使用。

「你們快嚐嚐好不好吃，我第一次做這個。要是覺得味道不夠，還可以把這個當蘸料。」何葉將幾個小碗依次放到二人面前。

「哎，這些事妳讓下人來做不就好了？」簡蘭芝看著何葉忙來忙去，一個下午似乎也沒休息過。

「這個豆乳鍋，他們也未必會，還不如我親自來做，更何況娘過生日，這也是偶爾為之。」何葉語氣略帶撒嬌的說道。

「好了，都先吃吧。」陶之遠因為好奇豆乳鍋的滋味，打斷母女間的互動。

他先挾了一隻煮得透紅的蝦，醇厚的豆漿香味已經滲進蝦肉之中，為鮮嫩的蝦肉添了幾分香醇。

何葉舀了一勺湯汁嚐了嚐味道，雖然沒有用柴魚，但好在鮮蝦和蛤蜊的鮮味滲透進豆漿中，十分濃郁。比起現代加工過的豆漿，果然還是現磨的保存著黃豆最原始的香氣。

陶之遠和簡蘭芝吃得筷子如雨點般落下，也顧不得將食材吹涼，直接放到嘴裡，何葉擔心他們二人燙著，直呼讓二人慢一點。

何葉將兩盤魚滑和蝦滑分別塞到兩人手裡，兩人一臉茫然的看著何葉。

「這要怎麼弄？」簡蘭芝同時問出了陶之遠的心聲。

何葉用了瓷勺在清水裡過了一下，隨即用勺將泥轉成了一個圓子，抖了抖放進鍋裡。

陶之遠和簡蘭芝也學著何葉的樣子，想要轉成圓形，但每次都在下鍋那一剎那失敗，魚丸和蝦丸變成了長條狀，彷彿是用裱花袋擠出來的樣子。

兩個人互不示弱的嘲笑著對方的丸子形狀，何葉突然鼻子一酸，感受到了久違的家的溫暖。

簡蘭芝注意到何葉的情緒變化，立刻放下手中的盤子。「怎麼了？葉葉。」

「沒事，沒事，就是被煙燻的。」何葉自然沒有辦法說真話，只能撒了個謊話。

簡蘭芝衝陶之遠使了個眼色，陶之遠立刻說道：「葉葉，妳看我這個蝦滑像不像個泥鰍？」

簡蘭芝輕輕打了陶之遠一下。「吃飯的時候，說這麼噁心的東西幹什麼？」

陶之遠也是不服。「怎麼就噁心了，泥鰍也是可以吃的。」

「好了，別說了，再說下去胃口都要沒有了。」簡蘭芝嗔道。

何葉這才破涕為笑，簡蘭芝和陶之遠才放下心來，繼續吃飯。

隨後，何葉做的蛋糕當作飯後甜點端了上來，簡蘭芝和陶之遠樂呵呵的將蛋糕吃得一乾二淨。

「這個真好吃啊！」簡蘭芝誇讚道。

「很簡單的，我下次再做給娘吃。」何葉想著今日給下人發蛋糕的事情，總該給簡蘭芝知會一聲。「這個蛋糕，我給下人也發了點，想一起慶祝一下。」

簡蘭芝卻直視著何葉的目光說：「不用事事都向我匯報，妳也是丞相府的主人，妳照心意去做想做的事情就好了。」

簡蘭芝這番話，無疑是表示她不再干涉何葉的決定。

「好，謝謝娘。」何葉勾著簡蘭芝的胳膊說道，簡蘭芝也滿臉寵溺的看著何葉。

飯後，何葉就指揮下人收拾那一桌狼藉。陶之遠和簡蘭芝則是為了避風，坐在屋子裡。

「有一句話，我不知道該不該和妳說。」陶之遠看著簡蘭芝。

「你瞎想什麼呢？你可是養外室了？」簡蘭芝眼神直勾勾的看著陶之遠。

陶之遠也急了，想也不想，一口氣的說道：「妳想什麼呢？是跟葉葉有關的。我聽說寬陽侯府在給長子物色媳婦，看中了成編修的閨女。」

「這成編修還有閨女？兒子不是今年狀元嗎？」簡蘭芝問道。

「是啊，我聽說這閨女深居簡出，宴席也不參加，好多人都不知道這個姑娘的存在。而且兵部尚書顧楠他們家也看中這姑娘，若是兩家都看中了，我看這事也算麻煩了。」陶之遠說道。

「我知道了，改日我帶著葉葉去這寬陽侯府走一趟。」簡蘭芝也下定了決心，要給何葉謀一門好親事。

生辰的第二天，簡蘭芝就向寬陽侯府遞了帖子。

接到帖子的周婉自是驚喜不已，斷然沒想到簡蘭芝會攜何葉上門。就周婉所知，簡蘭芝病好之後，只有宴席那一次才在眾人面前露了個臉。

周婉將這件事同江徵傑說了，江徵傑覺著官場上似乎和陶之遠並無來往，沒有需要互相通氣的地方。

不過來者是客，周婉特地吩咐廚房，待簡蘭芝和何葉上門那日，多燒幾個好菜。

在何葉不知情的情況下，簡蘭芝和周婉已經將上門拜訪的日子敲定下來。

簡蘭芝提前一天讓何葉準備。

一聽要去寬陽侯府，何葉彷彿像隻炸了毛的貓。「娘，我能不去寬陽侯府嗎？」

「帖子上寫了妳的名字，妳同我一起去沒有大礙。」

「娘，就不能不去嗎？」何葉試探的問道。

「怎麼？妳不是和那江公子關係挺好的嗎？」簡蘭芝對何葉的抗拒頗為不解。

何葉靈機一動，編了個理由。「這不，以前曾在寬陽侯府燒過菜，現在再去總感覺怪怪的。」

「可是當初寬陽侯府裡有人欺負妳，妳才如此不願意。」

何葉也不知道簡蘭芝想到哪裡去了，趕緊澄清。「沒有！斷然沒有的事情！」

「那就這麼定了，今日早點休息。」簡蘭芝不容何葉再有任何討價還價的餘地。

被簡蘭芝安排得明明白白的何葉，只能暗自祈禱去寬陽侯府的時候，江出雲不在府裡，她到現在也不知道應該如何面對江出雲。

到了約定的日子，周婉為了接待簡蘭芝和何葉早早就等在前廳。

走進前廳的那一瞬間，何葉也沒想到，當日在這兒領取賞賜的她，如今搖身一變，竟成了寬陽侯府的座上客。

問安後，何葉把自己當擺設，乖乖看著一旁的簡蘭芝和周婉寒暄。

寒暄過後，周婉直接問了簡蘭芝今天的來意。「今日丞相夫人過府，可是有何要事相商？」

「這不是聽說寬陽侯府的好事將近，提前上門恭賀一下。」簡蘭芝的話說得委婉。

「丞相夫人說笑了，有什麼好事是我這個當家主母還不知道的？」周婉笑著說道，但內心中卻是百轉千迴，不知道簡蘭芝這是走的哪一步棋。

「聽說寬陽侯府已經找了人給江公子說親了，這可不是好事嗎？」

何葉一聽江出雲都有說親對象了，那麼當初對她說的話豈不是兒戲？一時心中有著說不清道不明的酸澀。

周婉還以為有什麼她不知道的大事，笑著解釋道：「丞相夫人哪裡的話，那都是侯爺一廂情願。雲兒這個孩子，從小就主意大，若是他不同意的事，恐怕就是侯爺也作不了主。」

何葉聽到這話，內心倒是沒有波動，她知道江出雲這人說一不二，但她不認為嫁娶這種婚姻大事，他還能由自己作主。

簡蘭芝聽到周婉這番話，倒是放心不少，若是江出雲真看上他們家葉葉，也不失為良緣一樁。

後院的秦萍，一聽到下人說丞相夫人來到府中的消息，立刻差人去將江出硯請到前廳。她也趕緊穿戴上金光閃閃的珠寶釵環，往前廳走去。

簡蘭芝在得到了半確定的回答後，開始和周婉嘮起家常。

坐在一旁的何葉，為了不被寧嬤嬤的眼神注視，眼光不敢四處亂飄，只能低頭玩手。

正當何葉百無聊賴之際，就聽到下人通報，秦姨娘和江二公子來了。

周婉先是皺了一下眉，如果將這二人趕走，只會顯得她在簡蘭芝面前不夠大氣，失了風度，便忍著脾氣讓二人進來。

何葉對著這二人倒是好奇，她認識江出雲這麼久，從來沒見過他這個弟弟，只在寬陽侯府燒宴席的時候，才對江出硯略有耳聞。

江出硯一身打扮，倒是頗有翩翩佳公子的風度，只是這秦姨娘穿金戴銀，就顯得庸俗。

「想必這就是丞相夫人和陶小姐了。」秦萍一進來目光就上下打量著坐著的二人，還轉過頭對江出硯說：「還不跟二位行禮？」

江出硯聽著秦萍的話，向二人行了禮之後，又向周婉行了禮。

簡蘭芝也看出這秦萍似乎根本沒將周婉放在眼裡，本來這是寬陽侯府的家事，她不願多管，只是看秦萍這架勢，明顯是衝著她和葉葉來的。

秦萍也正是此意，外人都知道丞相對夫人十分疼愛有加，悉心照顧了十餘載。她想著若是能攀上丞相夫人，未來江出硯定能大富大貴。

最好寬陽侯府再沒有周婉母子二人的容身之處，這當家主母的位置也就是她的了。

秦萍還在暢想著未來掌權那一日，簡蘭芝的話卻將她的美夢無情的粉碎。

簡蘭芝轉頭對著周婉問道：「侯夫人，這位是江二公子，那這另一位是……」

秦萍的笑容僵在臉上，沒想到簡蘭芝會一見面就不給她臺階下。

江出硯在一旁也替秦萍尷尬，他知道他娘有野心，但這個時候來到前廳未免也太不將周婉放在眼裡，平時再看不順眼，也應該在外人面前裝出個溫順的樣子。

江出硯替秦萍說了話。「這是我娘，府裡的秦姨娘。」

簡蘭芝想著她正和周婉聊在興頭上，想進一步加深感情，說不準這就是未來親家了，卻被秦萍給打斷，心裡有點不悅，說話也沒有留情面。

「要知道在府裡，寬陽侯府的夫人才是你母親。你要叫她也只能叫姨娘，你姨娘沒教過你嗎？」

秦萍和江出硯平時被江徵傑慣著的，周婉日常也免了這二人的請安，懶得計較這些微末的禮節。這次被簡蘭芝這個外人指出，江出硯的臉色也是一陣青、一陣紅。

何葉不知道這二人哪裡招惹了簡蘭芝，讓一向好脾氣的娘動了氣，她輕聲的喊了簡蘭芝一聲，卻收到對方一個稍安勿躁的眼神。

秦萍同覺得面子上掛不住，便說：「我院子裡還有點事要處理，這就不打擾幾位了。」

邊說，還將江出硯一起拖走。

怒氣沖沖回到院子裡的秦萍，大發了一通脾氣，嘴上罵罵咧咧。「不就是一個傻子，還敢這麼說我?!她女兒又算個什麼東西，以前不就是個廚娘，現在看不起誰呢?!」

江出硯聽著秦萍的污言穢語，開口勸道：「娘，您哪能這麼說。」

「你這小子，娘辛辛苦苦把你拉扯大，你胳膊肘卻向著外人，你還有沒有良心了？」秦萍氣急，用手指戳著江出硯的頭。

江出硯也上了火。「娘，我說了多少次了，您都不聽，爹待我們兩個好，我們就安安心心過日子，夫人和哥也沒給我使過絆子，您怎麼就不能想點他們的好?!」

「你這是反過來怪你娘，沒給你個好出身？」

「隨便您怎麼理解，當初您要給哥他下毒我就不同意，您非要這麼做，結果事情果然敗露，好在爹和哥沒深究！您要真為我好，就應該安分點！」江出硯說完這番話，賭氣般的跑了。

秦萍被江出硯吼得怔在原地，過了一會兒，反應過來，只能默默垂淚，她竟然活得連親兒子都不理解她。

前廳中，似乎並沒有因為剛才的小插曲，而影響了氛圍。

秦萍和江出硯一離開，周婉就招呼著二人去吃飯。

何葉一聽要吃飯才來了勁，上次在寬陽侯府燒菜的時候，她就覺著寬陽侯府的廚子手藝好，偶爾還會想起當初送到小院的飯菜。

周婉熱情的給簡蘭芝和何葉介紹著桌上的菜色。「看這百果蹄，昨日特地讓廚房提前準備的，這裡面放了松仁、核桃，吃起來香得很。」

何葉之前在書上看過這百果蹄，知道材料雖然簡單，工序也不多，可絕不是一時半刻就能做好的，也是饞得緊。

桌上還有糯米珍珠丸子、黃金雞和一些時令蔬菜，貴精不貴多，周婉請二人先坐，卻絲毫不提動筷子的事情。

直到前院的下人來稟報道：「公子從翰林院回來了。」

「快讓他過來，別回院子裡，就等著他開飯了。」周婉向下人催促道，轉頭又向簡蘭芝和何葉解釋。「我想著雲兒和陶小姐也見過，今日特地讓他回來吃午飯。」

簡蘭芝自然是眉開眼笑，想著好好打量一下她看中的未來女婿，而一旁的何葉巴不得把頭埋在碗裡，若是她腳旁有個地洞，她會選擇當一隻田鼠。

江出雲大步繞過了屏風，走到了飯桌旁邊，向眾人一一問好。

何葉聲若蚊蠅的喊了聲。「江公子。」

「你們二人不是認識，怎麼如此陌生？」周婉也是看不懂這年輕人之間的來往。

「之前我對陶小姐有一事相求，只是如今還未等到陶小姐的答覆，想必陶小姐是避著江某吧。」江出雲向母親解釋道。

「不是，就是……」何葉猶豫了半天，最後放棄掙扎。

還是江出雲替何葉解了圍，說：「我下午翰林院裡還有事，不妨大家都動筷子吧。」

這才將眾人的話題從他們二人身上岔開。

第二十六章

一頓飯下來，對簡蘭芝和周婉而言是賓主盡興，二人邊吃邊說，好不熱鬧。對何葉而言卻是食不知味，就連江出雲給她挾了一筷子的菜她也沒反應過來，只知道扒拉著往嘴裡塞。

站在後面的寧嬤嬤扯了一下何葉的衣服，何葉才後知後覺意識到給她挾菜的是江出雲。

何葉見江出雲沒看她，她就自然而然裝作不知，只是二人的小動作當然沒逃過飯桌上的長輩眼裡。

簡蘭芝見周婉為了招待她們，忙前忙後一上午，反正關於傳言中的親事也得到滿意的答案，就推託著告辭。

周婉想著江出雲反正要回翰林院，就讓江出雲將二人送出府門。

到了門口，簡蘭芝在寧嬤嬤攙扶下先上了馬車，卻轉過身對何葉說：「葉葉，江公子正巧要去翰林院，妳不是要去市集上給娘買糖炒栗子，妳就跟著江公子一起走走，娘就先回府了。」

話音剛落，也不等何葉反應，就讓車夫駕著馬車走了。

馬車駛走的塵土高高的飛揚在何葉面前，何葉站在原地愣住，才反應過來簡蘭芝這是拋下她了。

簡蘭芝的藉口未免找得太過生硬了，何葉心中暗自抱怨。

「走吧。」江出雲對著何葉說道。

「那個賣糖炒栗子的地方可能和翰林院不順路，滿月陪著我就好。」何葉轉身就想要逃開。

卻沒想到江出雲跟了上來。「左右手裡的工作也不著急，一起走走。」

江出雲一跟上來，何葉欲哭無淚，只能秉持著沈默是金的道理，默默的走著。

但轉了幾個街角，看著周圍陌生的場景，何葉才發現，江出雲雖然一句話也沒說，卻是在給她帶路，現在進出都用馬車，她都快忘了她不認路這一淒涼的事實。

秋日的天氣中，瀰漫著淡淡的桂花香。枯葉的沙沙聲，在並肩走著的兩個人的腳下作響。

逐漸的人聲近了，何葉也聞到了糖炒栗子濃郁的甜香。

攤子上的商販還在吆喝著。「糖炒栗子，新鮮的糖炒栗子，來看一看嘍。」

何葉覺得簡蘭芝未必真要吃，但既然路過了，買一份也無妨。「老闆，來一份糖炒栗子。」

「好，姑娘可真有眼光，我這栗子的個頭別的不說，都是個頂個的大，還保甜，不甜不要錢。」

這商販嘴上能說，手上也不停的挑著砂石中的糖炒栗子，裝在袋裡用手掂了掂。

「來，姑娘，給妳，當心燙。」

何葉將剛才準備好的銅板放進商販的碗裡，接過還熱乎的糖炒栗子，飽滿的栗子因為裹著飴糖而顯得油光水亮，看著就讓人有想剝開硬脆的表皮、大口品嚐裡面香軟果肉的衝動。

念著也沒地方剝殼，何葉強忍住慾望。

江出雲緩步走了過來。「買好了？」

何葉依舊低著頭。「買好了，哦，你要嗎？再給你拿一袋。」

一旁的商販見還有商機可乘，立刻插話道：「這位公子，嚐嚐我這栗子，又大又甜。」

江出雲點點頭，也拿了一袋，何葉替江出雲付了錢。「一直都是你請我，我難得請你一回。」

「沒有，之前妳請我吃了松子糖。」江出雲說道。

何葉的記憶在大年夜當晚遊走了一圈，回到了原位。「啊，那個……」

「那個糖很甜，栗子也很甜。」江出雲說道。

「應該挺好吃的。」何葉說完，氣氛又陷入了沈默。

糖炒栗子溫熱的觸感隔著油紙傳到何葉的掌心，在這微寒的秋天感受著一絲暖意。

到了這個冬天，她就來務城滿一年的時間。

江出雲想要開口對何葉說什麼，但總擔心會將何葉嚇跑，只能默不作聲的在一旁陪著何葉慢慢踱步回家。

到了丞相府門口，江出雲才開口說話。「何姑娘，不用刻意躲著我，我不會逼妳的。」

江出雲覺得可能是太冒昧了，才將何葉嚇跑。

何葉經過上次的事情之後，想了很久，覺得自己並非對江出雲沒有傾慕之情。她以前能跟江出雲自然相處，更多的是因為她覺得和江出雲不是一個世界的人，反正也不會有更多交集。等時候到了，可能是何間給她找了個安穩的人家過日子，又或者是憑她的努力，開家私房菜館，不愁吃穿。

何葉根本沒想過她的生活會發生這樣翻天覆地的變化，她和江出雲從兩條平行線，突然有一條直線拐了彎，有了交點。

「我沒有躲著你，只是我現在很混亂，不知道該給你怎樣的答覆。」與其左右閃躲，不如將實話說給江出雲聽。「你能再給我點時間嗎？」

「好，我等妳。」江出雲給出了肯定的答覆。「先進去吧，夫人應該在等妳。」

何葉點了點頭，轉身進了府門。簡蘭芝正坐在何葉的院子裡等她回來。

「葉葉，回來了？糖炒栗子也買回來了，和江公子逛得怎麼樣？」

何葉聽著簡蘭芝這個語氣，總有點奇怪。

何葉將糖炒栗子往桌上一放，挑了幾個栗子剝了出來，放在殼上，移到簡蘭芝面前。「娘，您要吃的栗子。話說，娘您是不是有什麼事情瞞著我。」

簡蘭芝也不再拐彎抹角，直接說了。「葉葉，妳覺得江公子為人如何？」

何葉認真的想了想。「為人挺好的，我之前在聿懷樓的時候，沒覺得他有什麼架子。禮儀周正，對吃的方面也算有所研究。總而言之，算是正人君子，只不過好像話有點少。」

何葉以為簡蘭芝是替陶之遠打探江出雲的為人，擔心影響到他的官運，就挑了好的說。何葉仔細想了想，江出雲這個人似乎沒什麼缺點，看著是個冷清性子，但有時候也是挺熱心。

聽在簡蘭芝耳朵裡則是另一番光景，既然何葉對江出雲也算有好感，看來這門親事也可以適時推動一下。

簡蘭芝走後，何葉回了房。找出食譜，只要是聿懷樓食單上沒有的，就將製作方法抄下來，打算讓滿月找時間給何間送過去。

她現在雖然沒辦法再在聿懷樓工作，但要是能為何間出一份力，讓他能少操點心也是好的。

滿月剛準備出門，就被寧嬤嬤悄悄攔住了，帶到簡蘭芝的院子裡。

一開始，滿月嚇得一哆嗦，以為她對小姐的態度過於放肆的事情傳到夫人的耳朵裡，夫人要責罰她。

她若是受到責罰，可能又得回到廚房做粗活了。

沒想到到了簡蘭芝面前，寧嬤嬤一開口就是問她。「妳一路跟著小姐，可知道小姐和江公子剛才在路上說了什麼？」

滿月想著，其實都是些無關緊要的，也不算背叛小姐，就將事情一五一十的複述了一遍。

「妳說，這江公子說等葉葉什麼？」

「就是上次，江公子說若是小姐願意，他就安排過門提親。」

滿月說完才發現說漏了嘴，明明她家小姐不讓她提這件事。

滿月顫顫巍巍的向簡蘭芝求道：「夫人，這事小姐不讓提，您可千萬不能說是奴婢說的。」

簡蘭芝和寧嬤嬤對視了一眼。在簡蘭芝心中，何葉和江出雲的親事儘管還沒提上日程，卻是板上釘釘的事情了。

「滿月，這事妳做得好，到時候要是事成了，我一定好好賞妳。」

滿月也不知道她的話能成什麼事，看寧嬤嬤和夫人都沈浸在喜悅之中，就連忙說還要幫小姐辦事。

簡蘭芝此時的心思也不在此，便打發了滿月走。

滿月離開的時候，悄悄的拍了拍胸口，往聿懷樓走去了。

另一邊，顧中凱趁著中午府衙午休的時間來找江出雲。

等來的卻是桌上七零八落的文件，並不見他的人影。

又等了半晌，顧中凱沒等到人，就去翰林院門口的攤子上吃了碗麵，正準備結帳的時候，看到了江出雲從遠處捧著一包糖炒栗子走過來。

顧中凱喊了他一聲，扔了幾個銅板在桌上，走到他身邊去，指了指他手中的糖炒栗子。「我還以為你去哪兒了，原來嚐鮮去了，怎麼買糖炒栗子也不叫上我。」

邊說，顧中凱的手就要往紙袋裡拿栗子。「給我也嚐嚐。」

江出雲卻把紙袋從顧中凱面前挪開。

「不就是一袋糖炒栗子，你至於嗎？」顧中凱十分不滿。「你這袋栗子裡面是撒了金粉還是銀粉。」

「都不是，但你不能吃。要吃自己買。」江出雲毫不留情的說道。

「不就是我們兩家看中同一家姑娘，你至於這麼對我嗎？你要是向成編修家提親，那何姑娘怎麼辦？」

「你說什麼？」江出雲驚疑不定的問道。

顧中凱本想趁著插科打諢的間隙，偷拿一顆栗子，但發現江出雲的反應，似乎完全不知道這事。「都傳開了，你不知道？寬陽侯和我爹整日聚在一起，琢磨著給我們倆娶親定性。」

馬上要跨進翰林院門的江出雲，立刻轉身往寬陽侯府的方向走。

「你怎麼回去了？這編撰的事你就不繼續了？」顧中凱還在江出雲的背後喊叫著。

江出雲充耳不聞，徑直回了寬陽侯府。

正打算午休的周婉，聽到下人來報江出雲回來了，也沒了休息的念頭。

「你怎麼回來了？不是說翰林院還有事嗎？這糖炒栗子又是怎麼回事？」

周婉的三個問題一出，江出雲才意識到他這一次過於莽撞了，只想著把事情搞清楚，就匆匆忙忙地回來了。

他安撫著周婉，說：「翰林院的事情已經有人處理了，看到路上的糖炒栗子，就買了點回來。」

周婉也是將信將疑。「你有事你就說吧。」

「我們跟成編修家那是什麼事？」

「你回來就是因為這件事？可是同僚傳了流言蜚語？」

「不是，娘，我的婚事我自有主張，若是順利，不日就能上門提親，之前不是跟您說過？」江出雲對著周婉說道。

周婉聽完江出雲說的話，反問道：「這麼快？」

她一直以為之前江出雲跟她講有心上人，只不過是逃避說親的權宜之策。

「是，還有我馬上要辭官了，跟娶妻沒有關係。娘，您不也一直希望我不要做官？」江出雲說道。

「辭官？你確定了嗎？你不再考慮考慮？雖然我確實是希望你能遠離官場，但你自己想好，以後千萬別再有怨言。」

無論周婉再不喜，江出雲做官畢竟還有一份俸祿在，若是辭了官，江徵傑說不定會惱羞成怒，斷了江出雲在府裡的月例銀子。到時候，江出雲的生計都成了問題。

「不用擔心，我都已經準備好了。」

江出雲在府中的用度基本上都是走的府中的分例，所有皇上給的賞賜都在庫房裡，他正是打算用這筆賞賜盤下昱王的聿懷樓。

不出江出雲所料，隔了不到七日，皇上的旨意就頒布下來。

禁閉中的彥王獲封嶺城，即日啟程。嶺城此地崇山峻嶺、偏僻荒涼，平日裡連商隊都不願路過。

皇上此舉無疑是將彥王發配邊疆，一旦遠離務城，想來宮裡瑩貴妃的日子也不會好過。

昱王的封地也一同出來，是相距務城不遠的運城，乃是商隊往來的必經之地，商業繁榮。

因昱王妃有孕，皇上特批，待昱王妃順利生產後，昱王再前往封地。

從皇上的旨意，對昱王和彥王的態度已是高下立判。

彥王府中門庭冷落，就連彥王離開務城當日，送行的也只有鎮國將軍李忠一行，還是看在彥王妃是他女兒的面子上。

相反，昱王府雖然收了無數想要上門拜訪的帖子，但都被昱王以王妃需要靜養而婉拒。

江出雲在昱王封地的聖旨後，也遞了拜帖。

昱王從眾多拜帖中只挑出這一份，送了回覆，讓江出雲擇日上門。

日子如約而至，江出雲時隔不久又登上了昱王府的府門，由下人領著去了昱王府的書房。

昱王見到江出雲也沒有說客套話，反而上來就直切主題。「給我一個將聿懷樓賣給你的理由。」

「昱王殿下，上次就已經說過，更何況，現在殿下的封地已定。」江出雲堅持著上次的說法。

「你覺得憑這個就能說服我？你要知道，運城離務城並不遠，若是快馬加鞭，不出三日就能到了，如此，我又何必出售聿懷樓？」昱王在聿懷樓的事情上，似乎沒有鬆口的打算。

江出雲卻別有深意的說：「看著離得近，但偶爾也會有鞭長莫及的時候。」

「你這是在威脅我？」昱王對江出雲晦澀不明的態度很是不滿。

「臣不敢，臣與殿下也不過是在商言商。」江出雲也絲毫不示弱。

昱王沈思了片刻。「那你打算如何盤下這聿懷樓，你這剛做官，俸祿也沒多少。」

「自然是皇上以前的賞賜，足以盤下兩間聿懷樓。」

昱王聽了也笑了。「你倒是打的好算盤，不過也行，到時候聿懷樓的地契也一起給你了。帳目也會叫錢掌櫃同你一起交接清楚，若是經營不善，就不要來找我了。」

「這是自然，還是多謝昱王殿下了。」江出雲拱手道謝。

經錢掌櫃那張嘴一說，聿懷樓上下都知道了酒樓馬上要換當家的這件事。

錢掌櫃這兩天更是為了清帳而愁眉不展。

姜不凡見錢掌櫃正坐在櫃檯上抱著算盤發愁。「老錢，你愁什麼？你這飯碗又不會丟。」

「這不是還不知道新主人是個什麼人嗎？現在是昱王殿下當家，府裡不缺錢，要是來個新當家的，看到這帳本，怕是連夜都要將聿懷樓脫手了。」錢掌櫃無不悵然。

「這聿懷樓不是生意挺好的嗎？」姜不凡看著離開的最後一桌客人說道。

錢掌櫃搖著頭，看向姜不凡，一臉恨鐵不成鋼的說道：「你們天天只在後廚燒飯，哪裡知道？食材買的盡挑好的，有沒有想過若成本高，食單卻定價適中，這利潤就薄。」

「那就定價調高點。」姜不凡漫不經心的給出意見。

「你說調就調，客人不得有意見？」錢掌櫃看著姜不凡在他眼前晃蕩就嫌煩，就將姜不凡打發到後廚去。

姜不凡前腳剛走，江出雲後腳就走了進來。

錢掌櫃看到江出雲這個點來，也見怪不怪，只是這個時候要打烊了，也沒閒心再招呼他，只是懶懶地打了個招呼。

「錢掌櫃，帳可算好了？」江出雲走到櫃檯邊，隨手翻看著桌上的帳本。

錢掌櫃將剛才抱怨的內容又原模原樣的說了一遍。

江出雲聽完，靜默了一瞬，才說：「沒關係，我自有辦法。」

錢掌櫃似乎從話語裡聽出了一絲不對勁。「這……莫不是江公子您來接手管理這聿懷樓？」

江出雲沒說話，算是默認了這一事實。

錢掌櫃看著江出雲站在他面前沈默的翻著帳本，再回想他剛才說的話，自己正是印證了言多必失這四個字。

好在江出雲並沒有為難錢掌櫃，只是稍微簡單瀏覽了一下帳本，說等到正式交接那一日再讓錢掌櫃詳細說明。

錢掌櫃看著江出雲離去的背影，心裡也浮現出一個疑問，這江公子平時雖然是一個典型的好客人，從不拖帳，看起來卻未必能當一個好的酒樓主人。

丞相府中。

「我忘了問，那日妳將百果蹄的做法送到聿懷樓，我爹可有說什麼？」何葉正翻箱倒櫃的不知道在找什麼食譜。

「那日，我送去的時候，何師傅並不在聿懷樓，我就交給了姜大哥，他說會轉交的。」滿月回答道。

何葉找了半天，也不見當初從何家帶來那本有關身體調理的食譜，原想著照著上面的食材給簡蘭芝調理一下身體，再怎麼說，她娘也是從長期休息的狀態，突然忙碌了起來，多少會有些操勞。

想著正巧昨晚有泡過夜的紅豆，可以在這微冷的天氣煮一碗紅豆沙小圓子來解饞。

何葉剛準備帶著滿月往廚房過去，就在院門口被簡蘭芝和寧嬤嬤堵個正著。

「我正準備去煮紅豆沙圓子，待會兒給您也送一份過去。」何葉以為簡蘭芝只是散步到她的院門口。

「紅豆沙的事情不著急，吩咐一聲，讓廚娘燒也成。娘有正事和妳說。」簡蘭芝將想要往廚房去的何葉給拉了回來。

「什麼事這麼著急？」何葉現在滿心都是香甜綿密的紅豆沙。

「說急也挺急，但也不算特別急。」簡蘭芝摸了一下頭髮。自從寬陽侯府回來之後，她就說服了陶之遠，陶之遠也自然希望何葉有個好的歸屬，便不再有異議。

至此，簡蘭芝就開始翻起了府裡的帳簿，暗地裡給何葉籌劃起了嫁妝，今日簡蘭芝就是為了這件事來同何葉商議的。

「葉葉，妳給娘說實話，妳真的覺得寬陽侯府的江公子人好嗎？」

何葉這才覺察出了一絲怪異。「娘，您怎麼一直在問江公子的事情？」

簡蘭芝也是打算和何葉說實話。「這不是說要趕緊給挑一門親事，我看這寬陽侯府的江公子就不錯，聽說他對妳也挺好是不是？」

站在何葉身後的滿月，這個時候才意會過來，之前夫人找她過去，最終目的竟然是這個。

何葉此時也沒有忸怩作態。「娘何出此言？」

「我聽說江公子都私下跟妳求親了，當然這種事私下定了不算數，還是要走過三書六禮，這才能算敲定下來。」

何葉想著當初求親的事，只有她和江出雲二人知道，此時，何葉餘光看到站在一旁的滿月，這才有了頭緒。

滿月發現自家小姐也不作聲，似乎深深的看了她一眼，她一個激靈。

「娘，江公子是好人，但我還在猶豫。」何葉也向簡蘭芝坦白。「他是世家公子，我現在就算掛個丞相府小姐的名頭，出身還是會被人詬病，我覺得我如果為他好，就不應該將他置身於那些流言蜚語中去。」

「那妳問過他的想法嗎？他既然敢向妳提親，想來已經做好了萬全準備。妳可以跟娘坦白，為何不將妳真實的心意告訴他呢？」

簡蘭芝回想起這麼多年來，陶之遠在她身邊，不離不棄。早在她找回何葉，清醒過來後，就跟陶之遠說過，他可以納妾，為陶家傳宗接代，不必再顧慮她的看法。

當時，陶之遠直接告訴簡蘭芝，兩個人一起走過了那麼多年的風風雨雨，他如今做到丞相這個職位，也多虧了簡蘭芝當年願意嫁給他這個窮小子，他才有今天。都說糟糠之妻不下堂，他陶之遠自然不會做狼心狗肺之人，不會納妾，更不會休棄簡蘭芝。還安慰簡蘭芝，他作為丞相，不會讓女兒淪為朝堂上爭權奪利的工具。

何葉覺得簡蘭芝說得有理，簡蘭芝作為過來人，在這些事情或者看得比她還要通透許多。

「娘，我知道了，我會找時間和江公子談一談的。」何葉心裡的鬱結多少散了點。

「好，妳想明白就好，既然都想通了，不是要去做紅豆沙，就去吧。」簡蘭芝也不想何葉待在原地胡思亂想，還不如在廚房裡忙碌起來更好。

滿月看著何葉想通了這件事，似乎前往廚房的步伐都輕快起來，只是她心裡還念著何葉剛才意味深長的那一眼。一到廚房裡，就承包了何葉所有需要動手的事情。

滿月邊做邊偷看，何葉就站在那邊雙手交叉在胸前，也不開口問滿月為何這麼做。

滿月實在忍不住，先開了口。「小姐，江公子那件事是我的錯，我不能找藉口。妳要罰就罰吧。」

「算了，看妳認錯認得這麼快。」何葉也不在乎的說道。

這個時候，管事從前院到了廚房，給何葉遞上了帖子。「小姐，江出雲公子邀您兩日後前往聿懷樓一敘。」

第二十七章

聿懷樓的門口，馬車和賓客絡繹不絕。

標著丞相府徽記的馬車停在聿懷樓的後門，滿月從車上率先跳下來，給何葉擺好腳踏，才扶著何葉從車內下來。

何葉今日正是來赴江出雲的約，只是想著許久沒見聿懷樓的各位，就比約定的時辰早到了一會兒，打算先去後廚看一下。

「喲，何葉來了，好久時間沒看到妳了，好像還挺精神。」

「妳臉色不錯，看來丞相府沒虧待我們何葉。而且現在穿的衣服都不一樣了。」

聿懷樓後廚裡的人，絕大多數一點也不忌諱何葉現在的身分，反而拉著何葉閒聊著，但偶爾也有幾個唯恐避之不及的。

何間今日沒有收到何葉會來的風聲，也在後廚忙碌著，何葉一眼就看見何間身邊放著的牛乳。

「這牛乳是哪裡來的？」何葉的言語先於思考，直接問了出口。

在務城確實牛乳不大好找，之前做蛋糕的時候，何葉就想著用牛乳來做，只是滿月多番打聽，最終也沒找到能穩定售賣牛乳的商家，只能作罷。

何間聽聲音才意識到何葉來了。「這牛乳是之前農戶家送過來的，說現在天涼，沒那麼容易發酸，我正打算做點什麼。妳今日怎麼來了？」

「江公子有事找我，給我遞了帖子，約在這裡吃飯。」何葉也如實回答。

「我聽不凡說了江出雲今日要來這裡吃飯，特地和他約的空閒時間。」何間手上不停。「正好有時間，我用牛乳做個糖酥酪，待會兒讓人給妳送上去，妳不正好喜歡吃甜的？」

「謝謝爹。」

何間搖了搖頭，想著也不知道什麼時候才能把叫他爹的習慣給改了。

滿月在何葉身後悄聲提醒著何葉。「小姐，時辰快到了。」

何葉這才依依不捨的離開廚房，往雅間走去，推開門，發現江出雲已經坐在裡面了。

「看來是我來晚了。」何葉略帶歉意的說道。

「不，是我早來了，沒有等很久。」江出雲回答道。

錢掌櫃也知道江出雲今日訂了雅間，特地過來看看。

何葉沒想到錢掌櫃會親自來。「錢掌櫃，好久不見。」

錢掌櫃原以為江出雲今日吃飯，是為了官場的事情，沒想到對方竟是何葉，只能將原來討好的話收了回去。「何姑娘，啊，不，陶小姐，好久不見。這你們要吃什麼，我趕緊吩咐廚房去做。」

「行，那就勞煩錢掌櫃了。」江出雲對著錢掌櫃說完，轉頭去看著何葉。「妳看看有什麼想吃的。」

錢掌櫃立刻遞上刻有食單的木板，這是在何葉的建議下訂製的，不再有過去每道菜的木牌都掛在大堂，非得在大堂看半天才能點單的窘境。

何葉看著食單的末尾新刻上「百果蹄」的名字，默默笑了，想著何間並沒有排斥她送過來的食譜。

她作主點了幾個姜不凡的拿手菜，聽說這段時間，姜不凡將西南菜系根據務城的口味加以改良，不若原先辛辣，更適合平時不嗜辣的人入口。

江出雲見何葉點了幾個熱菜，又作主加了數個涼菜當開胃菜。

他還想再加兩道點心，何葉卻心心念念著牛乳的糖酥酪，開口拒絕了。

江出雲也沒再多說什麼，就依何葉所言。

錢掌櫃記下了兩個人的點單，回到廚房找姜不凡，交代完點單後，一邊問姜不凡。

「你說這兩個人待在一起吃飯能說什麼？是不是有外人不知道的秘辛？不過也不對，這聿懷樓人多眼雜的，也不是什麼說事情的好地方。」

姜不凡根據剛才報過來的食單正在配菜，耳邊響著錢掌櫃沒完沒了的嘮叨，思緒都被打斷了，才反駁一句。「你怎麼管這麼多？是帳算完了，還是沒客人了。」

錢掌櫃這才想起來大堂似乎有一桌客人還沒付帳，還等在那裡，也不知道小廝去收錢了沒有，趕緊往大堂走去。

雅間裡，只有爐子上的銅爐發出「咕嚕咕嚕」的燒水聲。

江出雲和何葉兩個人都斂眉看著眼前的茶碗，何葉雖然想敞開心扉和江出雲談一談，但還是猶豫著不知道如何開口。

好在江出雲先開了口。「今日到聿懷樓來，其實也沒有其他事，就只是來吃飯的，不用放在心上。」

何葉接到帖子的時候，也摸不透江出雲的目的，但還是如約而至。簡蘭芝那天的話也動搖了何葉本想拒絕的心。

「其實我有事想要問你。」大概只有彼此坦白，才有進一步瞭解的可能性，何葉如此想著。

「妳說。」江出雲也無法預測何葉將要對他說些什麼。

「那個，你說要娶我的事情，之前說不是為了同情我，那你覺得我們真的適合嗎？」何葉問道。「還有，你知道我的出身，以前是個廚娘，我現在雖然是丞相府的千金，但我並沒有大家閨秀的樣子，更何況你不擔心別人說你娶我，是為了你的仕途嗎？」

聽著何葉一個接著一個的問題，倒像是她會問出口的，她向來是直言不諱慣了。江出雲也沒有隱瞞。「如果我覺得我們不合適，就不會跟妳提親。我也不在乎妳是什麼人，妳就是妳。」

何葉見江出雲目光灼灼的看著她，心裡也是波瀾起伏。她自從穿越過來，已經習慣用何葉的身分過日子，只偶爾在江出雲面前會回想起以前的事情，能夠肆意的懷念。

更難得的是從他口中說出了「妳就是妳」這類的話。

一直以來，她都很少在做自己，前世在叔叔家，所有的喜怒哀樂都收斂起來，而這一世稍微活得隨心了一點，但為了安身立命，一直想要一份穩定的事業。

江出雲低頭看著杯子輕笑了一聲，沒有迴避何葉的最後一個問題。「最後一個問題，妳再等等就會有答案了。」

何葉聽了江出雲的回答，總覺得江出雲似乎隱藏了什麼重要的事情，但又擔心她問了會影響江出雲的決定，也只能緘口不言。

「妳可還有其他想問的？外頭都說我性子冷，其實我這人不怎麼會說話，妳若是有想要問的，我都能回答妳。」江出雲直視著何葉，十分誠懇的說道。

「如果說我嫁給你之後，你會介意我還繼續燒菜這件事嗎？畢竟很多人都會覺得這事應該交給下人去做。」何葉問道。

「不會，我從認識妳開始，妳就一直在廚房，妳專注的樣子很好看。」

何葉被江出雲的直白也是弄得微微一愣，低頭無聲笑了。

門口的小廝端著姜不凡燒好的菜走了上來，就看見何間站在門口，手裡的托盤上還放著兩碗酥酪，一時也不敢吱聲。

何間剛才在門口，聽到雅間內的二人說到了「提親」和「娶」這類的關鍵字，就沒敢貿然進去，只是在門口偷聽二人的談話。

這一番停下來，何間認定江出雲待何葉是一片真心，更何況在何葉還在聿懷樓的時候，他就發現兩人似乎互相有好感。

當初，他拉著何葉一直講宋懷誠的好，倒顯得是他的不對，看來宋懷誠和何葉沒有這個緣分，他也只能暗地裡為宋懷誠感到惋惜。

何間將兩碗糖酥酪放到小廝的托盤上，輕聲說：「不要說我來過，就說我讓你送過來的。」

小廝一知半解的點了點頭，將糖酥酪和冒著熱氣的菌菇回鍋肉端上桌。

何葉一看白嫩的糖酥酪凝固成形，上面還點綴著些許的桂花，散發著濃郁的奶香和淡淡酒釀的香氣，下意識的說道：「等了好久的糖酥酪，終於來了。」

小廝在上樓前就被錢掌櫃千叮萬囑要照顧好兩位貴客，說是尤為重要的客人，小廝想著平時貴客就多，錢掌櫃再如此叮嚀，說不定是哪位大官，也是打起了十二分的精神。

此時何葉一出聲，他以為是在向自己搭話，脫口而出。「剛才何師傅在雅間門口讓我送進來的。」

小廝說完，還沒有發現自己已經食言了，見貴客沒有反應，連忙告退。

何葉卻是和江出雲對視了一眼，懷疑的問道：「他可是說我爹剛才在雅間門口？」

「是，何師傅可能聽到我們的談話，才沒有進來。等吃好飯，若是何師傅還在，我和妳一同去找他。畢竟何師傅也是妳父親，無論結果如何，還是要尊重他。」江出雲正色道。

何葉也確實如江出雲心中想的一樣，若是不解釋清楚，她擔心何間會胡思亂想，畢竟之前他熱衷給她作媒卻沒成功。

本來雅間裡略帶旖旎的氣氛，現在消失得一乾二淨，何葉心裡只想著要如何跟何間解釋這件事情。

吃過飯後，江出雲讓人請了何間到雅間來。

二人原想去後廚向何間解釋，但後廚人來人往，不是個適合靜下來說話的地方。

何間還沒等江出雲和何葉開口，就先說話了。「說吧，把我叫來有什麼事跟我說？」

「您剛才在門口是不是都聽見了，所以才沒進來。」何葉小心翼翼的詢問著。

何間心裡暗怪那小廝，連這麼件小事都漏了出去。「聽是聽到了，你們要解釋什麼嗎？」

「何師傅，我是真心求娶何葉，還望您能同意。」何葉還沒開口，江出雲搶在她前面表明心跡，他看了何葉一眼才繼續說：「我知道何葉現在雖然在丞相府，但依舊將您當成她的父親，理應向您稟明。」

剛才何間在門口聽見的時候，覺得他現在無權再過問何葉的生活，才不作聲的。

「這事只要丞相和丞相夫人同意就行，我沒什麼意見。」何間沈默了一瞬。「只不過妳到時候要擺婚宴，這食單由我幫妳敲定，一定都給妳最好的。」

何間看著何葉從襁褓裡的嬰兒，一路長得這麼大，如今都要出嫁了，心中也是感慨萬千。

得到了何間的承諾，江出雲和何葉沒再多問，何間也就推說後廚忙，先回了。

何葉想著今日出府的時候，簡蘭芝探究的眼神，覺得還是不要在外面待太久，免得簡蘭芝和寧嬤嬤又腦補些無中生有的事情。

何葉讓江出雲送到丞相府門口，躊躇了半天才說：「那我等你上門提親的那一天。」

說完她就轉身進了丞相府，一邊走還一邊暗自懊惱，她是不是說得過於直白了？

滿月看了看自家小姐，顯然也沒料到自家小姐如此膽大。又看了看江出雲，發現後者竟然笑了。

她跟著她家小姐這麼久，也見了江公子很多次，第一次見到江公子笑，呆了好一會兒。看到小姐越走越遠的背影，才趕緊追了過去。

江出雲見何葉這是答應了，從懷裡拿出了聿懷樓的地契，看了看。

原本是打算今天給何葉的，見到她的時候，卻又改了主意，擔心他的舉動會給何葉無形間的壓力，才裝作今天只是一個普通的會面。

沒想到在分別的這個節點，何葉會給他一個準確的答覆。

他快步走回了寬陽侯府，來到周婉的院子裡。

「娘。」

「你今天不是在外面吃飯，回來了？」

「娘，我準備去向皇上請旨意賜婚。」江出雲說道。

「這麼急？這種事哪裡是急得來的，這一切還不得從長計議？」周婉覺得江出雲難得這麼失了分寸。「你先跟娘說是哪家姑娘？」

「丞相府的。」江出雲終於不再瞞著周婉。

周婉聽了之後，心裡其實多少有了點底，畢竟之前她曾經把青浪叫出來問過，江出雲究竟跟哪家姑娘走得近，那個時候就得到了差不多確定的答案。

「那侯爺那邊你怎麼說？你是不是還沒說？」周婉也知道江出雲向來不喜他爹，估計這次也不會主動跟江徵傑說。

「等聖上旨意下來，他自然知道了。」江出雲依舊一副拒絕和江徵傑溝通的樣子。

周婉也知道江出雲似乎說不通。「你想娶親這麼大的事，你總需要和你奶奶說一聲。」

江出雲這才點了點頭。周婉希望江徵傑還是能從老夫人口中聽到一二。

不出周婉所料，江徵傑第二天就怒氣沖沖的到了江出雲房間裡。江出雲正在練字，恰巧寫著「平心靜氣」這四個字。

「父母之命，媒妁之言，這麼大的事情，你都能自己作主，你是不是反了？」江徵傑拍了一下桌子，江出雲剛好寫下了最後一筆。

「娘和奶奶都知道了，她們二人都同意了，您現在也知道了。」江出雲的語氣依舊平靜無波，彷彿面對江徵傑怒火的不是他。「等到時候，我會搬出去住，倒也不用父親費心。」

「你吃穿用度都是府裡給的，我看你有什麼本事？」江徵傑看江出雲和他說話，簡直就是牛頭不對馬嘴，氣得拂袖而去。

他直接往秦萍的院子裡去，對著秦萍就是一頓抱怨，一旁的江出硯看著盛怒的江徵傑，覺得也只有他哥才有這個膽量讓他爹暴跳如雷。

秦萍一聽江出雲要娶的是丞相府的女兒，想起當日簡蘭芝一點面子也不給自己的事情，也是氣不打一處來，開始在江徵傑面前述說那些外面的傳言——簡蘭芝有多傻，何葉當初在聿懷樓的時候，男女關係混亂，盡其所能的抹黑丞相府。

一旁的江出硯聽著他娘的污言穢語，覺得他娘真是鬼迷心竅，偏偏他爹還信了這些鬼話。

江出硯見兩人不注意，偷偷溜了出去，拐彎到江出雲的院子裡，他發現他還是第一次來找他哥哥。

青浪不知道從何處躥了出來，雙手抱在胸前看著江出硯。

江出硯一開始也是有點作賊心虛，轉念想了一下，他不過是來找他哥，就挺起了胸膛。「我來找我哥。」

青浪打量了他一番，才讓到了一邊。

江出硯走到書房門口，探頭一看，發現江出雲正在練字，頭也沒抬。

「可以進來。」

他也不知道他哥怎麼發現他的，聽到了江出雲讓他進去，才走到書桌邊，看到江出雲正在寫著「百折不撓」。

「那個，我有事跟你說。」江出硯見江出雲沒有異議，才將剛才在秦萍院中發生的一切告訴江出雲，順便替他娘解釋道：「我知道我娘她不對，我之前勸過她，她也不聽。」

江出雲心中一瞬揚起怒意，看到一旁的「平心靜氣」四個字又壓了下去。他沒想到的是江出硯會主動來找他說這些，瞥了他一眼。「你知道你這是在出賣你娘親嗎？」

江出硯也急了。「我這怎麼能叫出賣？我只不過希望我娘不要再這麼固執，這麼多年來，哥和夫人從來沒有苛刻我們一針一線，反倒是我娘處處針對你們。」

江出硯突如其來的一番交心，將江出雲弄得有點懵，一時也不知道他面前這個弟弟是真心，還是心機太深，只能點點頭。「嗯。」

「哥，你別擔心，我支持你和嫂子，我之前就覺得嫂子做飯可好吃了。」江出硯想著，江出雲大概還不擅長和這個不熟的弟弟親近，沒關係，他也不擅長。

江出硯的目光突然被一旁茶几上的栗子糕所吸引，江出雲朝他目光的方向看去。

「那是我娘拿來的，你若是想吃就自己拿。」

吞了吞口水的江出硯想著，他娘素來討厭甜食，他就是想吃也只能偷偷吃，看著栗子糕十分心動，又想到今日他告訴江出雲這個消息，也算是有功，拿一碟栗子糕也不算過分。

「那我可以都拿走嗎？」

江出雲點點頭，江出硯就端著一盤的栗子糕歡天喜地的離開了。

江出硯想著不能讓母親發現他吃了栗子糕，沒走出江出雲的院子，坐在石凳上就開始吃了起來。一旁的青浪只是盯著江出硯的舉動，江出硯吃得急了，還拍了拍胸口，對著青浪說道：「你要不要來一起吃？」

青浪搖搖頭，也不知道那乾巴巴的東西有什麼好吃的。

江出硯也在心裡腹誹青浪不懂欣賞，這麼好吃的栗子糕，甜香濃郁，栗子的甘味回味無窮。

江出雲看著庭院裡的江出硯，有點不知所措，也沒了練字的心思，只是坐在椅子上發呆。

不一會兒才拿著披風起了身，有些事還是盡早定下來比較安心。

皇宮中，皇上正坐在龍椅上，批著奏摺。

一旁伺候著的公公將皇上涼掉的茶重新沏了一遍，換成熱茶，悄聲的說：「太子又求見了。」

皇上不耐煩的揮揮手。

「又是為了那件事，去告訴他朕忙著，不見他。」

公公小跑著將皇上的口諭傳達給了太子，太子也沒再糾纏，轉身就走了。公公這才向皇上稟報，皇上也放下了奏摺。

「這一個、兩個都不讓朕省心。」皇上感慨道。

公公小心翼翼的說道：「太子也是有苦衷。」

「你當朕不知道？太子之前就塞了銀子給你，讓你在朕面前說好話，他想娶陶家那姑娘，門都沒有！」皇上緊盯著公公。

公公嚇得立刻跪了下來，等待著皇上發落。「奴才知錯！」

「起來吧，在朕身邊日子可是不好過，若是如此便去禁地那裡，反正那裡也缺了個照顧的人。」皇上一句話決定這公公的命運，公公只是覺著自己倒楣，皇上卻覺著那是個不用提心吊膽的美差。

江出雲進宮的路上和出宮的太子面對面撞了個正著，江出雲停下向太子行了個禮，太子淡淡回應。

回望著太子離去的背影，江出雲更是目光堅定，大步向著宮殿方向邁去。

第二十八章

聽到江出雲前來請旨，皇上也多少帶點疑惑，近日寬陽侯府無事，更何況若是有事，江徵傑為何不來。

「今日不需要上朝，你有何事需要稟報？甚至還到了請旨的地步。」皇上看著一進門就跪下的江出雲說道。

「臣想請皇上免了臣的官職。」江出雲將頭抵在地面上。

皇上對江出雲突如其來的舉動滿是不解。「你先別急著磕頭，先給朕說說，你這是闖了彌天大禍，還是跟寬陽侯吵架了，才鬧到朕面前來？」

「都不是，臣別有所求。」

「那你說來聽聽。」皇上也想知道江出雲這是演的哪一齣。

「臣想請旨求娶陶丞相之女陶葉，還望聖上成全。」江出雲又將頭深深磕在冰涼的磚上，涼意逐漸從額頭處傳來，好一會兒才聽到皇上的聲音在他頭上響起。

「那這跟你辭官又有什麼關係？你覺得你辭官之後，陶丞相會將自家女兒嫁給你這種無名小輩？」皇上毫不留情的將現實分析給江出雲聽。

「臣就算辭官，還有寬陽侯府的名聲庇護，畢竟臣這次科舉也不過抱著試一試的心態，並未想著能夠高中。」江出雲此時存了試探之意，不知道皇上對寬陽侯府的態度如何。

一直以來，業朝重武臣，鎮國將軍、寬陽侯和兵部尚書顧楠三人掌握整個業朝大半部分的兵權，皇宮禁軍的兵權更是掌握在寬陽侯手中，就算現在皇上對這三人信任有加，但也難保哪一日疑心突起，從而根除。

「我算是知道你小子的心思了，原來以為外面的傳言都是假的，現在看來倒是有幾分真的，這才幾個月就嫌苦嫌累，要回去當你的紈袴子弟去了。」

皇上語帶調侃，但江出雲卻不敢掉以輕心，只能據實以告。「臣只是想著若是娶了陶家的姑娘，她熱衷美食，臣想帶著她領略業朝的大好風光。」

江出雲說完這番話，又擔心皇上認為他只不過是將何葉推出來當擋箭牌。

「朕還沒答應你下旨，你就想得如此長遠，看來你都準備好了，朕這是不下旨都不行了？」

江出雲從皇上的話語中理解出皇上似乎認為他語帶威脅，只能進一步解釋道：「臣不敢，臣與陶家姑娘相識已久，情投意合，這才斗膽向皇上請旨。」

「朕知道了，朕會好好思考一下你的請求。」皇上有意要將江出雲打發回去。

皇上既然已經這麼說了，江出雲便不好再進一步逼迫皇上當場給出答覆。「那臣便在府裡等皇上的聖旨。」

他今日已經表明了態度，想必皇上應該能清楚明白他的心意。

看著江出雲的背影消失在門外，皇上才喃喃的說：「這小子，還是跟小時候一樣機靈。」

江出雲並沒有猜錯皇上的心思，為科舉學子舉辦的那一次御宴，鎮國將軍李忠的行為，已經讓皇上心生忌憚，正在想辦法削弱各家手中兵權，更何況皇上本身就是憑藉這兵權坐到如今的位置，自是打算一步一步回攏權力，並且準備提拔文官。

江出雲辭官的舉動，也是一種表態，他表明自己無意世襲寬陽侯的爵位，自然也不會對兵權有所覬覦。

坐在龍椅上的皇上沈思了一會兒，對著身邊的太監總管說：「把聖旨拿過來。」

聽了全程的公公問道：「皇上，可是要如了江編修的願？」

「不如這小子的願，如誰的願？他倒是會挑時間，也算是解了我的燃眉之急。」皇上冷笑了一聲，想必江出雲也是聽到風聲，才會急忙跑到宮裡來，剛才說不準與太子撞了個正著呢。

皇上知道太子是個好的儲君，在政事上盡心盡力，只是求娶何葉的舉動，未免太過衝動，畢竟多少大臣都盯著太子側妃這個位置。

更何況，陶之遠想必也不願將丟失多年的寶貝女兒嫁到皇家這種泥潭裡來，皇上自然是更樂意將何葉許配給江出雲。

兩家門當戶對，又能成人之美，對何葉來說江出雲也算是個好的歸宿，皇上又何樂而不為？

皇上將寫好的聖旨放在一旁晾著的同時，還想著要給兩家什麼賞賜，才能夠彰顯聖恩。太子那邊也需要安撫，至少不能讓太子認為，是寬陽侯府在背後使了陰險法子，才導致了這樁婚事告吹。

皇上越想越頭大，便吩咐身邊的公公，明日一早就將聖旨送到兩家府上，另外傳口諭令兩家過了年盡快操辦，只有這樣，皇上也才能安心一點。

隔日清晨，陶之遠穿好朝服，簡蘭芝正準備送他出門。

宮裡來的公公見到陶之遠，慢條斯理道：「陶丞相且慢，這裡有道御旨，還請丞相接過再出門。」

陶之遠和簡蘭芝互相對視了一眼，陶之遠看著公公問道：「公公可知道是何事？」

「自然是天大的喜事，不妨先去叫陶小姐出來，我這也才好宣旨。」公公對著陶之遠的口氣自然客客氣氣，畢竟這位也算是一人之下、萬人之上的權臣。

簡蘭芝讓寧嬤嬤趕緊去將何葉叫過來，在等何葉來前廳的時間，丞相府已經給來的公公倒了杯熱茶。

見何葉到了，那公公表示不好再耽擱了，即刻宣旨。「奉天承運皇帝，詔曰：陶家小姐陶葉性格溫良恭順……寬陽侯府長子江出雲與丞相府長女陶葉適逢婚齡，特此賜婚。欽此。」

何葉雖然心裡多少有了一點底，但聖旨來得這麼快，讓人猝不及防。

陶之遠久經官場，先反應了過來，對著何葉說道：「愣著幹什麼，還不快領旨？」

「臣女陶葉領旨。」何葉接過公公手中的御旨。

「恭喜陶丞相了，我這邊也要回去覆命了。」

寧嬤嬤也是見過場面的人，暗中塞了一袋銀子給公公。「這點就讓公公也沾沾喜氣，去喝個茶，吃個點心。」

公公接過，乘著馬車消失在街巷上。

看著馬車漸行漸遠，陶之遠直言說這是好事，只不過今日還有要事要處理，等他回來再一同商議其他事宜。

簡蘭芝和寧嬤嬤看著何葉手中的聖旨，笑得一臉和藹。「來，跟娘一起吃早飯。」

與此同時，寬陽侯府上，另外一位公公也在宣讀聖旨。

讀完聖旨，公公將御旨小心的交給了江出雲，江出雲自然謝過。

寬陽侯府的其他人面色各異，江徵傑有點困惑，周婉則是心下了然，也替江出雲將要完成終身大事而喜悅。

江出硯一副看熱鬧的樣子，只有秦萍多少有點不甘，明明她壞話沒少說，江出雲還是能娶到丞相府的女兒。唯一讓她心安的是，何葉再是丞相千金，以前的出身是抹不掉的，也不過是一個廚娘。

沒了她那個牙尖嘴利的娘，看樣子也是個好拿捏的。

但秦萍卻沒想到除了聖旨之外，這公公還帶來了皇上的口諭。「江編修，皇上跟您說，編修這個職位就當個閒差掛著，不必再有其他顧慮。另外皇上說沒什麼可以送的，就送了您城北的一套宅子，等成家了，自可以和陶小姐搬過去住。」

秦萍還沒高興多久，就又被打回了原形。

皇上此舉也算高明，讓江出雲另行建府，太子的怒氣不至於遷怒到寬陽侯府身上，也可保寬陽侯府免於紛爭。

江出雲本就有這個打算，皇上此舉也無異於錦上添花。

周婉會意的將公公送出門，感謝對方在寒冷天氣特地跑一趟的勞苦。

拿著聖旨的江出雲久違的在家中露出笑意，但江徵傑卻因事前沒有聽到一點風聲，面色緊繃。

「你可是早就知道聖上會下旨？」江徵傑不悅的說道。

「是我去求皇上下的旨。」

「那你去之前，可有問過我的意見？你可曾把我這個當爹的放在眼裡？」江徵傑的音量逐漸拔高，頗有要和江出雲吵架的架勢。

「這件婚事，您若是不滿意，可以進宮請皇上收回成命。」江出雲對著江徵傑一字一句的說道。

「你，不肖子！」江徵傑氣得拂袖而去，皇上下的旨意，斷沒有收回這一說，因此他也只是發洩對江出雲的怒氣。

秦萍見狀立刻跟了過去，沒想到沒走兩步，就被江徵傑趕走了，只能灰溜溜回了院子。

江出硯則是慢慢走到江出雲身邊。「哥，恭喜你，得償所願。」

江出雲看了江出硯一眼，還是說了聲。「謝謝。」

江出硯見江出雲回答了他，又多說了一句。「這忙了一早上，早飯也沒吃，這會兒倒是肚子餓了，哥，我就回去吃早飯了。」

周婉回來的時候，正好看到這一幕，對著江出雲打趣道：「什麼時候和你這個弟弟這麼親了？」

「就有點事。」江出雲也不想對周婉坦白，若不是江出硯跑到他屋子裡發了一通牢騷，他也不會立刻就下定決心，去皇宮請旨了。

「別看著你那寶貝聖旨了，知道你能抱得美人歸，但娘餓了，先陪娘去吃早飯。」周婉拍了拍江出雲的背說道。「今日我大概是料到了有好事發生，才會早上就讓廚房燒我最愛喝的魚片粥。」

江出雲也被周婉的說法逗得一樂。「娘，走吧。」

未出一日，皇上賜婚寬陽侯府和丞相府的事情就傳遍了大街小巷。

這兩家還沒來得及商議嫁娶的相關事宜，門檻就快被一波又一波來賀喜的人給踏破了。最終兩家都以家事繁忙、謝絕拜訪的理由而閉門謝客。

寬陽侯府中，顧中凱正坐在江出雲的院子裡蹺著二郎腿嗑瓜子，一臉促狹的打趣著江出雲。「我當初說你對何姑娘動心的時候，你還一副不動如山的樣子，嘖，現在都要把人姑娘娶回家了。」

「你很閒？」江出雲剛準備出門，就被顧中凱吐回了院子裡。

「你剛才出門要去找誰？你不會一下旨就去找何姑娘吧？」顧中凱嘴上依舊不饒人，難得有這麼個由頭，還不得抓緊機會，多損江出雲兩回。

江出雲確實是打算去找何葉，但他沒直接回答顧中凱，倒是反問道：「那你和成家姑娘的事情怎麼樣了？」

顧中凱一聽，立刻就跟霜打的茄子一般，蔫了。「快別說了，你這事剛傳到我們家，我娘就差把我打包給送到成編修家入贅了，你說你動作怎麼這麼快？」

江出雲此時心裡想著，不知道何葉收到聖旨是什麼反應，也不再理睬顧中凱。

顧中凱見江出雲淡漠不語的樣子。「都說人逢喜事精神爽，你們這婚事還有我平時給你暗中撮合，到時候我也會給你一份超級厚重的賀禮，你於情於理都要請我去聿懷樓吃一頓。」

「你瓜子也吃得差不多了，可以走了，聿懷樓就看你的賀禮值不值了。」江出雲給顧中凱下了逐客令。

顧中凱拍了拍手上的灰，他也知道這個點上門多少有點自討沒趣，也不再多逗留，只是想著有朝一日一定要在江出雲這裡敲一頓飯。

丞相府中，此時也有何葉無法拒絕的來客。

何田和福姨正待在何葉的院子裡，福姨一臉侷促的坐在房間裡。「妳說我們倆這是不是不大好？畢竟現在大家身分都不一樣了。」

「這有什麼關係？以前大家不也是一家人，住在同一個屋簷下的？」何葉並不是很在意。

福姨輕拍了一下何田的後腦勺，說道：「都是何田吵著說要來，我勸也勸不住，這才叨擾妳了。」

何田被福姨打了後腦勺，氣得直嚷嚷道：「還不是福姨說擔心姊，突然就要嫁人了是不是會驚慌失措，擔心得連飯都燒糊了，我才說過來看看我姊。也不知道誰一開始說不來，我一出門卻說不放心我，還是跟著一起來了。我這麼大個男的，有什麼好擔心的？」

何田向福姨據理力爭，說得更是唾沫四濺，福姨也被何田說得不好意思，只能說：「就是來看看妳，這不也好久不見了。」

福姨突然又壓低了聲音問何葉。「要是知道我們上門，這丞相和丞相夫人不會為難妳吧？」

「怎麼會？福姨想多了。」

聽到何葉的回答，福姨這才鬆了一口氣，但見到滿月給她送茶來，又渾身僵硬起來，伸手想要接過茶杯，被滿月避開，放在她的面前。

福姨嘆了一口氣，她沒想到沾了何葉的光，有朝一日，還有別人給她奉茶的一天。

「姊，那個江公子是不是以前常常送妳回家的那個？」何田裝出一副大人的樣子，捧著茶故作高深的說道。

「是啊。」何葉看著何田的樣子不免好笑。

「那他會不會武功啊？要文武雙全的人才配得上我姊。」何田話頭一轉。「那要是他習武，能不能讓他教我武功啊？」

何田說了半天，還是因為他對學武這件事有著異常的執著。可惜何田剛說完，就被福姨打了一下頭。「整天就知道瞎說。」

福姨、何田又和何葉閒聊了一會兒家常，福姨也再三讓何葉好好準備待嫁，若是有需要她幫忙的就儘管說，她以前在村莊裡也曾協助操持過婚宴。

這話說出來，福姨都覺得不好意思，這侯府和丞相府的婚宴又豈是偏僻鄉村能比得上的。

福姨今天看何葉的樣子也算是紅光滿面，想來對這樁婚事也沒有不滿意或者抱怨，這才放心的離去。在回去的路上，才從何田口中聽說，何葉與江出雲相識已久，更是心中寬慰，慶幸何葉得遇良人。

兩人一走，滿月忙著收拾桌上的茶具，何葉也覺得有點乏了，早上先是簡蘭芝拉著她說長道短，問她是不是早就料到江出雲的計劃。

弄得何葉哭笑不得，她雖然穿越過來，但並沒有掌握什麼未卜先知的異能，更何況皇上的心思又豈是她這種連面都沒見過幾次的人能猜的。

中午的時候，也有不少夫人聞風而來祝賀，簡蘭芝派了寧嬤嬤全部婉拒了，恐怕真心祝賀的也是寥寥數人，更多的是來探聽風聲的。

畢竟江出雲和何葉的賜婚聖旨一下來，對其他世家公子小姐來說，瞬間失去了兩條可以直通名門的梯子。

對務城的千金小姐而言，江出雲就是傳言中的人物，翩翩公子、卓爾不凡，也有不少已經芳心暗許。何葉前段時間的話題度更高，就連街邊巷尾的平民百姓恐怕都知道她的身世。

這樁賜婚讓許多人意想不到，但其實兩人的家世倒也相襯，畢竟寬陽侯府也並非家學淵源的名門之後，只不過在當年清君側事件中立功甚多，這才有了今日的光輝。

這麼一想，不少人的心中又寬慰不少。

原本，今日陶之遠說要回府吃飯，三人一同慶祝一下，卻突然差人回來傳話，說有急事脫不開身。何葉便讓滿月去和簡蘭芝說自己今天乏了，讓廚房將晚餐送到她院裡即可。

她覺得今天的時光都像是作夢一般，剛想沒個正形的躺倒在床上，聽到外面傳來的動靜，她以為滿月這麼快就從後廚取來晚餐。

打開門卻看到個意想不到的人。「你怎麼來了？」

何葉想著就算滿月不在，總歸管事會來通知一聲，結果也沒有，江出雲就這樣悄無聲息的出現在何葉的院子裡。

江出雲指了指何葉的院牆。「翻牆來的。」他也知道現在丞相府門口說不定有不少眼睛在盯著，只能選擇避人耳目的方式。

「可是……」何葉還沒想通現在也算黃昏，雖然不算晚，但街上也應該是有人的時候。

「妳這牆後面是條小巷，沒有人的。」江出雲像是看出了何葉的疑惑，解釋道。

開了門的滿月正端著托盤，看著院子裡的場景，一時也驚得說不出話來。「江、江公子……」

滿月想著她是不是應該將空間留給兩人說話，但又覺得雖然現在兩人訂親了，但她家小姐還未過門，總要顧忌著些聲譽，她走也不是，不走也不對。

還是何葉對著滿月說：「妳不如先去院門口守著，看看會不會有人過來。」

何葉也知道她院子應該不太會有人過來，但為了以防萬一，還是讓滿月看著點。

滿月離開之後，江出雲才開了口。「我來看看妳，我擔心聖旨來得太突然，妳會被嚇到。」

「是有點。」何葉也實話實說，她也沒想到聖旨會來得這麼快。「但我沒有其他意思，就能快點定下來也挺好的。」

何葉說完，才反應過來她或許講得過於直白了，只能轉開話題。「你吃晚飯了嗎？」

「還沒。」

「一起吃點吧。」何葉說完，江出雲依言坐了下來。

這個時候，何葉才發現這份飯本就是打給她一個人吃的，只有一雙筷子，她一時尷尬。「我讓滿月再去拿一雙。」

何葉剛想去院門口找滿月，就被江出雲拉回了原位。「不用了，我不餓，我看妳吃，我待會兒回去吃。」

看著坐在對面的江出雲，何葉被他盯著，吃起飯來也沒平時的俐落，看著紅燒肉也不敢大口塞進嘴裡。

江出雲看著何葉也是覺得有趣，兩個人其實也不是第一次同桌吃飯，也不知道為何突然就侷促起來。「接下來應該就是議親了，說是成親之前兩個人是不能見面的。妳若是有事找我，就讓滿月去寬陽侯府遞個口信，我自會來見妳。」

「嗯，好。」何葉邊和紅燒肉做著鬥爭，邊回應著江出雲。

「這紅燒肉看著很好吃。」江出雲看著紅燒肉肥瘦相間，裹著一層晶瑩剔透的光澤，也難免讓人覺得飢腸轆轆。

「我們廚房燒紅燒肉是滿好吃的，你嚐嚐。」何葉下意識的想要挾到江出雲面前的碗裡，這才意識到他連碗也沒有。

江出雲卻將何葉的筷子拉到面前，吃掉筷子上挾著的紅燒肉。

何葉被江出雲突如其來的舉動驚到了，怔在原地，才反應過來剛才自己做了什麼，臉上飛起紅暈。

江出雲見何葉羞澀，低著頭用筷子不停的戳著碗裡的飯，就差把頭埋進碗裡，忍不住微笑。

「我先走了，妳繼續吃吧，我也回家吃飯。」

何葉還沒來得及說送送他，便看見江出雲幾個踏步就翻出了牆。

第二十九章

自從聖旨下來，丞相府便忙得不可開交，簡蘭芝指揮著下人將庫房裡存著的賞賜一箱一箱搬出來對著帳本清點，準備著何葉出嫁那日的嫁妝。

何葉進簡蘭芝院門的時候，看到的就是這麼一幅熱鬧非凡的景象，看著忙進忙出的下人，她覺得簡蘭芝是不是有點心急，畢竟寬陽侯府還未上門提親，就連大婚的日子也沒定下來。

「葉葉，快過來，妳看看妳喜歡什麼？有喜歡的，我都給妳當嫁妝帶過去。」

何葉看著木箱裡放著成堆的綾羅綢緞、盒裝的珠寶首飾，也不免咋舌，她也是第一次見到丞相府的這些庫存。

「娘，不用特別多，我也存了點錢。」何葉除了之前在聿懷樓每個月賺的錢，現在吃穿都用府裡的，多少也攢了點錢下來。

簡蘭芝聽著這話很是不滿。「瞎說什麼？這丞相府裡的東西都是妳的，妳就算是想要搬空也沒有關係，我和妳爹留著也沒有用，除了送禮、給下人賞賜之外，不還是留了這麼多下來。」

「娘，這布料您都留著，換個季節就多做兩身衣服。」

「多浪費，我也不喜歡和那些夫人來往，穿得再花稍也沒用。」簡蘭芝素來對這些身外之物不甚在意。

見何葉對這些東西也興致缺缺，簡蘭芝索性等著寬陽侯府上門提親那一日，看著聘禮再給何葉配一套只多不少的嫁妝。

「我聽說這皇上賜了一套宅子給江出雲，你們二人成婚沒幾日就可以搬過去住了。這倒是好，少了許多煩惱。」

何葉本以為他們倆的舉動，會被認為不孝，卻沒想到簡蘭芝倒是稱好。

「娘，我會時常回來看您的。」何葉看著簡蘭芝，略微有點動容，明明才在一起沒幾個月，簡蘭芝卻處處為著她著想。

「又在瞎說，妳嫁過去，就跟江家那小子好好過日子，別整天擔心我們。看那孩子也是個靠譜的，我跟妳爹也過慣了兩個人的日子。」

正當簡蘭芝還打算拉著何葉說說體己話的時候，管事來報說何間來訪，何間作為外男自然是無法進到後院的，只能讓簡蘭芝和何葉前往前廳接待到訪的何田。

何田正在前廳踟躕，不知道如何開口，看到簡蘭芝和何葉來了，才迎了上去。

「爹！」何葉想著今日並不是節慶假日，聿懷樓應該照常開門營業，也沒想到何間會在這個時候上門。

何間聽到那聲「爹」，第一反應是看簡蘭芝的臉色，見對方並無不悅，這才放下心來。

「葉子，我今天是來找丞相和丞相夫人的，有事和他們說。」何間的話也挑明了他並不是來找何葉敘舊的，希望何葉能夠避開談話。

何葉聽懂了何間話裡的潛臺詞，想著此次上門多半也是為了她的婚事。「那我先回去了，你們慢慢聊。」

離開的時候，何葉還不放心的看了一眼，想讓滿月留下來探聽一下兩人究竟會說些什麼，但終究覺得過於刻意，還是帶著滿月回了房。

前廳裡的氣氛並沒有何葉想像中的那般凝重，反而倒是其樂融融。簡蘭芝率先開了口。「何師傅今日上門可是為了葉葉的婚事而來？」

「正是。」何間也沒有想到簡蘭芝會如此開門見山，似乎對他這個養父上門毫無芥蒂。

「我知道何葉是何師傅一手撫養長大的，這其中的親情，自然是我和之遠比不過的，所以何師傅儘管上門，不必多慮。」

簡蘭芝的這番話在他們將何葉接回丞相府的時候，何間就聽陶之遠說過，只不過他一直過不了自己心裡那道坎，也不想讓外人認為他是一個女兒得了富貴，就一心攀附權貴的人。

直到這次，此事關係到何葉的終身大事，他才不得已又上了門。

何間從懷中掏出一沓子銀票放在桌上，誠懇的看著簡蘭芝說道：「夫人，這是這麼多年來，我給何葉攢的嫁妝，我知道丞相府必定不會缺這點錢，但畢竟是我看著長大的孩子，有些東西還是不能少的。」

何間以為簡蘭芝要推拒一番才肯收下，畢竟這話說出來總傷了丞相府的臉面。不料簡蘭芝卻說：「這銀票我替葉葉收下，這是你當爹的一片心意，當然我也會告訴葉葉。」

「告訴她就不用了，她知道了，許是不肯收。坦白說，我家底也存了不少，這點只是其中一部分，只不過犬子頑劣，這才連著何葉一起瞞著，反倒是我對不住她。」何間開口解釋道。

「何師傅，你千萬別這麼說，你也知道葉葉是個有主意的，她自然知道你的苦衷。」簡蘭芝寬慰。

何間也沒再多說，放下了銀票後，說改日再登門拜訪。

簡蘭芝目送著何間離去的背影，也感嘆當年何葉的運氣好，沒有流落在外，挨餓受凍，反倒是遇上一戶好人家。

將桌上的一疊銀票拿起，簡蘭芝來到何葉的屋子門口。「葉葉，我進來了。」發現沒有動靜，簡蘭芝推門而入，見何葉並不在房裡，想了想何葉會去的地方，也只剩廚房了。

果不其然，何葉正在廚房搗鼓她今天想做的薑汁撞奶。她特地讓府裡的人從外面收來牛乳，想著用薑汁來給大家驅散這冬日裡的一絲寒氣。

「葉葉，娘有話跟妳說。」

何葉這才停下了手上的動作。「何師傅回去了嗎？」

「回去了，他讓我把這個交給妳。」簡蘭芝將銀票全部塞到何葉的手中。「何師傅給妳的，妳就拿著吧。」

何葉頓時覺得手中的銀票像燙手山芋。「這……我真的可以收下嗎？」

「既然給妳的，就是妳的了。」簡蘭芝撫了撫何葉的背。「妳自己好好想想吧。」

這個時候，何葉再沒心思做薑汁撞奶，將完整的做法講給滿月聽，就先回了房，看著一疊銀票在發愁。不過轉念一想，等若干年後，何田娶親的時候，再添點其他的，當賀禮便好。

沒過多久，滿月捧著一碗牛乳回來了。「小姐，這薑汁撞奶好像沒成功。」

何葉看著碗裡那一碗散發著薑汁味的牛乳，拿過來喝了一口，加了糖還算甜，也沒了生薑原本刺激的辛辣味，只能安慰滿月。「可能是我薑汁和牛乳的比例沒有調對。」

她思索著除了比例之外，或許牛乳的溫度也是個問題，畢竟這裡也沒溫度計，可以確保牛乳達到最好的凝固效果。

之後的日子裡，也容不得何葉再去實驗薑汁撞奶確切的成功做法。

寬陽侯府和丞相府兩家的婚事已經緊鑼密鼓的提上日程，陶之遠和江徵傑敲定了提親的日子。

這一日，江徵傑、周婉、江老夫人帶著媒人一起到了丞相府，因為皇上聖旨已下，交換庚帖也不過是走個過場，今日最主要的就是給丞相府過目聘禮的禮單，敲定婚宴的日子。

最終兩家選擇了一個吉日，將婚宴訂在了二月十日，特地選在年後，這樣兩家不必急著操辦，還有充裕時間來準備兩人婚禮。

只是時間一旦決定，江出雲和何葉兩人就不能再見面，直到迎親的那一日。

簡蘭芝和陶之遠看了何葉的聘禮禮單，感受到寬陽侯府十足的誠意。

江徵傑就算對江出雲有所不滿，但畢竟君令不可違，更何況家中又有周婉和老夫人作主，聘禮禮單都是二人精挑細選。

兩家一番交流後，這事也就算底定了。

周婉正打算通知江出雲這一喜訊，結果一回府發現江出雲並不在。

而何葉覺得明明是她的終身大事，她卻像個局外人似的，聽著前面看似熱鬧的場景，覺得她還不如去廚房找廚娘聊聊天。

突然間，何葉聽到牆邊傳來的動靜，似乎是樹葉落下的沙沙聲。

出門一看，才發現江出雲不知怎的，又翻牆到了她的院子裡。

「沒人發現嗎？」何葉也算見怪不怪的問道。

「沒有。」江出雲回答得很淡然，渾然不覺他的行徑若是被人看見了，就會被當作圖謀不軌之人。

「寬陽侯和夫人應該剛走，你怎麼就過來了？」何葉很是不解，說是談親事，雙方二人卻不能在場，江出雲應該也是偷溜了過來。

「聘禮禮單已經給妳家了，但有一樣東西，我應該當面給妳。」

江出雲說著，從懷裡拿出了一個小木盒，何葉這才注意到江出雲手指上有著一些細密的小傷口。

「你手怎麼了？」何葉問道。

「沒事，一點小事。」江出雲被何葉問到手上的傷口，有點微微的尷尬，用指腹輕輕摸了一下傷口，將木盒遞給何葉。

何葉看著這個小巧的木盒並不如外面售賣的精緻，看著有一點點歪斜，做工略微有一點粗糙，但還算是打磨得平整。

她將當作蓋子的木片抽了出來，發現裡面放著一張疊著的紙，她有點疑惑的看了江出雲一眼。「這是？」

「妳看看。」江出雲也不告訴何葉答案，只是讓她自己看。

何葉打開，還沒來得及細看上面的小字，就見紙上印著數個紅章，最上方寫著「契單」的字樣。

她仔細看了看紙上的文字，才發現她手中這張紙竟是務城最大的酒樓。「這是聿懷樓的地契、房契！」

「是，昱王不日要前往運城，我從他手中盤下了聿懷樓。這張地契沒有放在禮單裡，以後妳就是聿懷樓的主人。」江出雲正色道。

何葉看著聿懷樓的地契，不知道如何是好，覺得江出雲這份聘禮似乎太貴重了，她沒有能夠還禮的東西。

「這個我真的能收嗎？」

「這份聘禮或許並沒有妳想的那麼貴重，聿懷樓日後的盈利和經營都是妳要操持煩惱的，所以並沒有那麼輕鬆。」江出雲也擔心何葉會覺得這份聘禮貴重而不願意收，因此他也想了很多種說法，最終準備了這樣的說辭。

「好，謝謝。」何葉還是接受了這份禮物，認為聿懷樓在自己手裡，或許生意能夠更上一層樓。

她這才將目光重新落到木盒上，發現蓋子的內側刻著兩個字，一細看竟是「雲、葉」二字，她馬上聯想到江出雲手上的傷痕。

「這個盒子是你做的？」

江出雲點點頭。「裝錦袋裡怕皺了，外面的盒子都有些大，這才做了一個稱手的。」

何葉看著江出雲說話彆扭的樣子，偷偷的笑了，沒想到看起來無所不能的江出雲，也會有不擅長的事情。

最近幾日，滿月發現自家小姐自寬陽侯府來提親之後，整日就捧著個小匣子，笑得合不攏嘴。

她想了半天，也不記得在小姐房裡見過這個匣子，這個東西就像憑空出現一樣，卻讓小姐愛不釋手。

何葉那日收到了聿懷樓這份契單之後，整日就將這張紙帶在身邊，她也沒想到有朝一日搖身一變竟成了聿懷樓的主人。

她雖然興奮了好幾天，但想了想那日江出雲所說的話，並沒有說錯，這聿懷樓日後的經營是大事。

何葉也算是深入基層，對聿懷樓多有瞭解。這兩天就開始根據聿懷樓的實際情況，擬定一系列未來的經營計劃。

聿懷樓是務城唯一負責過御宴的酒樓，自有著旁人不可比擬的優勢，但若要將優勢保持下去也要花費一番功夫。

除了之前想出來的套餐制度，何葉也想著是不是能率先開拓外賣這一行業，但想了想這樣就需要大量的人力，且沒有適合的交通工具，若是用食盒裝菜，還沒走出十丈遠，可能就湯水全灑了，只能先擱置這一想法。

何葉思來想去，覺得若是想要保持聿懷樓的長盛不衰，還是要在新意上多下功夫，最基本的是每季研發新菜品，或像之前準備廚藝競賽一樣，多籌辦類似試菜會的活動，來增加盈利和話題。

在丞相府上下都在為何葉的婚事操勞著的時候，何葉抽空去了一趟聿懷樓，打算將她新寫的營運計劃交給錢掌櫃。她相信以錢掌櫃的資歷，自然能明白她所寫的內容。

錢掌櫃也在疑惑，他那日見過江出雲和何葉來聿懷樓用餐後，就鮮少見到江出雲，想著江出雲果然如他所料，對聿懷樓的經營頗為散漫，不禁開始對未來的生計發愁。

但想起外面盛傳江出雲正忙著和何葉的婚事，錢掌櫃才多少有點放寬心，若是老闆忙完了婚事，應該就會開始對經營聿懷樓上心，畢竟聿懷樓的收入對江出雲和何葉二人應該尚算可觀。

錢掌櫃沒想到等來的卻是拿著契單的何葉，錢掌櫃看了看契單，慢半拍才反應過來。

合著江出雲盤下這聿懷樓竟是送給何葉！為了討未來的夫人歡心！

錢掌櫃想著何葉也確實是個合適的人選，他至今都記得當初依照何葉的想法，舉辦廚藝競賽的時候，排隊買票的景象盛況空前。

何葉雖然將經營計劃交給錢掌櫃，錢掌櫃卻還未來得及執行，就先接到來自寬陽侯府和丞相府的婚宴邀約。

為此，錢掌櫃特地推了好幾家的宴席邀請，一心一意的準備聿懷樓幕後東家的婚宴，聿懷樓上下一時更是處於時刻緊張的氛圍。

何間本也想著，何葉的婚宴自己必定要親自掌勺，不過陶之遠卻特地到聿懷樓，請何間當日務必入座主席，這是他與夫人的請託，想必何葉出嫁當日也會開心的。

何間知道陶之遠身為一朝丞相，卻顧忌著何葉的心情，前來找他商議，已經是放下了身段，他若是不肯答應，反倒顯得虛偽。

何葉尚且不知此事，可因著對聿懷樓的經營頗為上心，動不動就溜到聿懷樓看看顧客的類型，觀察客人的喜好。

也因此聽了不少的流言蜚語，無非是她一點也沒有待嫁的大家閨秀的樣子，未必會打理內宅，說有她這樣的妻子，江出雲少不得要吃不少苦。

除了關於她的各種議論之外，也有不少人說江出雲這都娶親了，皇上也不給他升官，只賜了一座宅子，想來也是恩寵不再。

何葉對這些流言都頗為不屑，打理內宅她或許不懂，但這些人聊天所在的聿懷樓，現在可是她主事！

至於宅子的說法，雖然寬陽侯夫人周婉看著也不像是個惡婆婆，但畢竟宅子裡還有秦萍這個「婆婆」，自然是能避就避，她也反而樂得輕鬆。

後來，何葉才知道，江出雲此番沒有升官，表面上是皇上給他掛個閒職，拿點微薄的俸祿，實際上是讓江出雲藉著帶何葉遊山玩水的名義，前往各地替皇上觀察民情。

何葉知道之後，想著這種工作不是應該交由監察御史之類的官職去做？不過能夠有機會去業朝各地走走，品嚐美食，她也樂意。

這日，何葉到聿懷樓看完帳目，才剛回到丞相府，就被簡蘭芝派人請了過去。

何葉一進屋，就見到了幾位陌生婦人，衣著樸素，倒不像哪家的夫人。

「葉葉，來，這是娘請來全務城最好的繡娘，為妳縫製嫁衣，今日特地來給妳量身的。」簡蘭芝將何葉招呼過來。

繡娘只是笑著說不敢當，隨即替何葉量身，何葉只能任由她們擺佈，繡娘一點都不含糊，給何葉從頭到腳都量了一遍。

何葉知道按照業朝禮制，本應該由新嫁娘自行縫製嫁衣，但何葉作為一個現代人，能給衣服縫個扣子，就已經是她的最高水準了。

哪怕給她一、兩個月上個針線速成班，她繡出來的紋樣肯定歪歪扭扭，只會貽笑大方。

繡娘量好，記下了尺寸後就告辭，簡蘭芝也不再多留，她自然希望盡快看到嫁衣成形，把她的寶貝葉葉打扮成全務城最美的女子。

簡蘭芝見沒有外人，就拉著何葉說說體己話。「妳跟娘說，過完年妳就要出嫁，這事妳怎麼想的？」

「沒什麼想法，就和江公子安安靜靜過日子。」何葉平靜的說道。

簡蘭芝看著何葉的反應，只以為何葉羞澀，不願告訴她與江出雲的事情，只好不再過問，專心為何葉準備嫁妝。

何葉則是一頭扎進了今年丞相府的年菜食單研究，想著這是在丞相府過的第一個年，也是最後了，一定要細心準備。

第三十章

何葉覺得，明明才剛列好年夜飯的食單和準備食材，不知不覺就迎來了臘月三十這一天。

這一天，她和簡蘭芝事先商量過了，中午會去何家吃飯。

簡蘭芝覺得何葉之後出嫁，身為人婦，更不能隨意出入何家，便同意了下來。

丞相府的馬車還沒停穩在知巷巷口，何田就從家裡飛奔出來。「姊，妳回來了，爹今天做了好多好吃的。」

何葉久違的踏進了生活過的小院，裡面還保持著她走的時候的樣子。

滿月未曾來過這裡，也是四處打轉，好奇得緊，想著小姐以前生活的環境和她家也差不多，大概這才養成對待下人這麼平易近人的性格。

福姨過年總是要回鄉的，只有何田和何間在的小院裡擺放著不少年貨，也不顯得冷清。

何葉才剛到沒多久，姜不凡就抱著一大罈酒走了進來。「吃飯怎麼少得了好酒？何師傅，你嚐嚐，這是我這次過年特地買的。」

「行，放著吧。」

滿月沒想到姜不凡也會來何家吃飯，臉上不自覺飄上了兩朵紅雲，何葉早察覺出了一絲端倪，她今日帶滿月前來，就是因為滿月前幾日明裡暗裡都在向她打探姜不凡。

何葉像往常一樣走到灶臺邊，發現何間正在做扣三絲，這道菜雖然食材不算複雜，但主要考驗製作者的刀工和耐心。

先將一朵大香菇去蒂放入碗底，再將冬筍、雞肉和火腿切成極細的絲狀，一根一根整齊擺放在碗壁，最後用三絲混合物將碗填滿，上鍋蒸熟後，將碗反扣在盤子上，就是半個球形的扣三絲。不禁讓何葉想起了以前當學徒時，被逼著練刀工的日子。

過門是客，何間將何葉趕去飯桌邊坐好，何葉看著一旁交談甚歡的姜不凡和滿月，還是決定去當個不討喜的姊姊。

「你最近課業怎麼樣了？放假了，有沒有落下夫子布置的功課？」

何田卻已經沒了之前一提到讀書就十分不耐煩的情緒。「我最近可認真了，夫子都誇獎我，說是讓其他學子都向我學習。」

何田自何葉回到丞相府之後，就認識到他沒有姊姊頂著，可以再給他過胡混的日子，開始發憤用功，想著有朝一日，也能入朝為官，這樣可以不給姊姊丟臉。

「對了，姊，妳最近見過宋大哥嗎？」

何葉這才想起來，她已經許久未聽到過宋懷誠的消息。「宋大哥還好嗎？今日沒叫他一起過來吃飯嗎？」

「我也很久沒見宋大哥了，聽說宋大哥從翰林院調到了刑部，整日忙得不可開交，幾天都見不著人，我想請教功課現在都找不到人。今日原本是叫了宋大哥的，但聽說刑部突然有急事，又把宋大哥給叫了過去。」

何葉這才知道了宋懷誠的近況，不過想著宋懷誠榜眼出身，這才沒多久，就從翰林院調到刑部，未來想必只要不出格，必定會平步青雲。

何田又絮絮叨叨給何葉說了一堆周圍街坊鄰居的八卦，不多時，何間便招呼著兩人上桌吃飯。

滿月一開始的拘束感，也因為受到何家飯桌上其樂融融的氛圍感染而消失殆盡。

何間和姜不凡更是一杯接著一杯，喝到兩人都是微醺的狀態。

何間留著一絲晚上要給何田做飯的清醒，才沒有喝醉，不然他今年或許又是昏睡過守夜。

吃完午飯，何葉回到丞相府，在院子裡散了兩圈步，等著吃晚飯。

以前在何家整天忙著，何葉未覺得這吃飯令人發胖，她摸了摸肚子上的肉，擔心嫁衣送來那一日，她不會就穿不下了吧？

在等著年夜飯到來之前，先等來了一位「不速之客」。
她這幾日發現，江出雲翻牆的水準倒是日益精進。
何葉看著江出雲在她院子裡閒庭信步，彷彿在寬陽侯府般從容，終於還是忍不住問道：「你是不是經常翻別人家牆？」
她沒想到江出雲竟然一本正經的回答了她。「沒有，只有寬陽侯府和妳家的。」
「你是來找我說聿懷樓的事情嗎？今年聿懷樓打破了以往慣例，一直放假到初四，也好讓眾人多休息幾天。」
何葉想著聿懷樓的眾人一年到頭連軸轉，挺不容易的，特地選在初五開門，還可以迎個財神。
「聿懷樓的事妳作主就行，本想著今晚和妳一起看煙火，但今日是我們成婚前最後一個除夕，打算留下來陪陪娘，所以過來跟妳說一聲。」江出雲說著，從懷裡掏出一個小盒子，大小像紙巾盒，倒是比之前的看起來更為周正。
「又是你自己做的？」
江出雲點點頭。「妳打開看看。」
何葉看著裡面放了一個相冊一樣的木框，中間竟然鑲著玻璃。
「這是玻璃？」

「前些日子，顧中凱在集市發現的，覺得新奇就拉我去看。」江出雲說著，將那個相冊般的木框接了過去，將裡面的版畫一張一張抽了出來。

何葉看著這版畫上的內容，看著人物像是動了起來。

「是不是有點像妳之前說的電影？雖然這裡沒有妳說的放映機之類的東西，但是這個勉強能替代，一張張木版畫抽出來，人也姑且會動。這個做得急，版畫也沒有好好刻，妳若是喜歡，之後想畫什麼，可以給木工說。」

何葉聽完，從江出雲手中接過那個木框，愛不釋手。她沒想到只是隨口一說，卻被江出雲放在心上。

她發現似乎江出雲每次來都是送禮物給她，而她打算回送的禮物卻還在製作中。

見何葉愣住了，江出雲這才開口。「新年禮物，提前祝妳新年快樂。」說完，想要摸一摸何葉的頭頂，卻又覺得於禮不合，收回了伸出的手，隨意幾步又消失在了牆後。

滿月沏了茶回來，就發現桌上多了個新奇物件，也不知道小姐從哪裡翻出來的，只看著小姐一會兒傻笑，一會兒嘆氣的。

正月一過，定下的婚期二月十日就近在眼前。

二月初一這一天，何葉也終於見到了屬於她的婚服，從內襯到外衣，都各自裝在盒子中，大大小小裝了五、六個。

簡蘭芝慫恿著何葉穿上瞧瞧，何葉也不推辭，不過冬日的婚服層層疊疊，需要在繡娘和滿月的幫助下才能完整穿起來。

婚服並沒有想像繁複，上襖在袖子兩側繡著豎排的連理枝，上半部則是繡著比翼鳥的圖案，寓意比翼雙飛。下裙裙沿處則是幾朵牡丹花競相綻放，寓意富貴滿堂。霞帔則是採用了深藍色錦緞，和正紅色也是相得益彰。外衣和外裙都勾了金線，在陽光下，反射出耀眼的光芒。

滿月打開其中一個匣子，裡面放著何葉大婚當日需要用的金冠，上面都綴著成色極好的珍珠，美則美，只不過重量不輕。

「真好看，我們家葉葉定是最好看的新娘。」簡蘭芝拉過何葉的手輕輕拍著。「不過和人家過日子，萬不可同在丞相府一般任性妄為。」

簡蘭芝也趁這個機會，將大婚當日要說的話一口氣都說了，她擔心到了那日，就將要說的話都忘了，可能只顧著擦眼淚。

何葉將簡蘭芝說的話都一一應下，大概只有這樣，簡蘭芝才能不再憂心。

待到二月十日這一天，丞相府早在前一天就四處掛滿紅燈籠和紅綢。想著馬上要嫁人的何葉更是輾轉反側，夜不能寐。

她才剛睡著不久，天還沒亮，就從被窩裡被叫了起來。她頂著一頭亂糟糟的頭髮坐在銅鏡前，看著銅鏡中的自己，感嘆果然是底子好，就算幾乎一夜沒睡，也看不出黑眼圈的跡象。

她任由著滿月和喜娘為她梳妝打扮，只是在戴上金冠的那一瞬間，她就預測到了今天晚上的脖子會痠痛不已，這個金冠未免也太重了些！

打扮妥當，簡蘭芝在門外看著何葉，難免紅了眼眶，這剛找回來的女兒就又要出嫁了，心裡也是多有不捨。

不多時，門外就傳來了噼哩啪啦、震耳欲聾的鞭炮聲響。

迎親的隊伍快到丞相府門口，喜娘扶著何葉站了起來，給何葉蓋上了紅蓋頭，嘴裡唸唸有詞的說著各種吉利話。

何葉被攙著走，看不到前方的路，只能透過蓋頭的縫隙看到腳下一點點的地方，走得更是緩慢。

她摸了摸懷中的布包，確認沒有忘記帶，心裡頓時安定了不少。

一路走到前廳，陶之遠和何間都坐在上座，何葉給三人依次敬了茶，三人都說了些吉利話，依依不捨送著何葉出門。

丞相府門口，早已圍觀著不少看熱鬧的人，都想一睹新人風采。

何況務城自幾位王爺成婚以來，已經很久沒有過如此盛大的婚禮，都十分好奇。

小孩子眼尖，大喊道：「新娘出來了！」眾人的目光都從江出雲的身上，移到何葉的身上。

何葉跨過門檻，只見一雙墨色靴子停在她的面前，隨即聽到江出雲在她耳邊輕聲的說：「我來接妳了。」

「嗯。」何葉輕輕點了下頭。

「趕緊走吧，誤了吉時可就不好了。」喜娘在一旁催促著。

何葉上了轎子，外面又傳來了不間歇的爆竹聲，丞相府的下人也在轎子啟程後，將早已準備好的喜糖往圍觀的眾人中撒去，將喜氣分享給大家。

那些小朋友撿起喜糖來也是毫不含糊，一會兒就裝了一兜子。

坐在轎子上的何葉自是不知道這一切，只是覺得密閉的轎子又晃又憋悶，比馬車還要不舒服，輕輕的想要掀起蓋頭透透氣。

喜娘卻彷彿在轎子中裝了攝影機般的，敲了敲轎壁。「娘子，這裡面有點憋悶，但也要堅持一下，可千萬不要將蓋頭掀起來。」

何葉只能停下原本拿蓋頭扇風的動作，老老實實坐好，等著轎子停在寬陽侯府門口。

不一會兒，熱鬧的人聲傳來，何葉覺得應該是到了。

果不其然，沒多久花轎顛了下，跟著輕輕落地，隨即傳來了喜娘的聲音，接著感覺到轎門被踢了一下，喜娘將何葉從轎子裡接了出來，塞了一段紅綢到何葉手裡。

何葉微微汗濕的手緊緊攥著紅綢，突然感受到了紅綢上傳來的力道，想著另一端的人是江出雲，她慢慢鎮定下來。

進了正廳，喜娘將何葉扶到正中間的位置站定，開始了正式的流程。

「一拜天地，二拜高堂，夫妻對拜。禮成——」

做完這一套的動作，何葉才有了點微末的真實感，一開始她覺得穿越過來，似乎事事不方便，但到如今卻也沒什麼不好。她重新擁有了父母，又有了兩個家，如今更即將擁有了屬於自己的家。

喜娘引導著何葉坐到撒上了花生、百果的喜床上，象徵著多子多孫。

滿月想著她家小姐一天都沒吃東西，想偷偷打發喜娘離開，給小姐吃點東西，但喜娘臨走前囑咐道千萬不能壞了規矩。

雖然滿月並不覺得吃口東西就壞了規矩，但還是老老實實聽從了喜娘的安排，只給何葉喝了幾口熱茶，雖然房裡燒著炭火，卻仍擔心會凍著自家小姐。

前廳裡，江出雲正在一桌一桌的敬酒，雖然不喜人群聚集的地方，但一直堅硬冰冷的江出雲，終於打開了一絲外殼，向眾人釋放出了一絲柔和。

一些世家子弟知道江出雲不是好惹的，不敢拚命灌他酒，大家只是意思的敬了一杯，反倒是跟在江出雲身旁的顧中凱來者不拒，倒替江出雲省了不少的麻煩。

江出雲來到宋懷誠這一桌，宋懷誠看著江出雲胸前的大紅花，覺得多少有點扎眼，但還是率先站了起來。「江兄，我祝你和夫人百年好合，白頭偕老。」

說著，宋懷誠將杯中的酒一飲而盡。

江出雲也仰頭，將杯中的酒喝得一滴不剩。「多謝！」

這句祝福的話宋懷誠既是說給對方聽，也是說給自己聽——他應該放手了。

因著江出雲的性格冷淡，也沒幾個人有這個膽子去鬧洞房。

顧中凱其實是有著這個打算，畢竟他和江出雲及何葉都算熟悉，不過他剛跟著江出雲走了沒幾步，瞧見江出雲回頭看他的眼神，不禁打了個寒顫。

他想若是自己今日鬧了洞房，明日就不是和江出雲打一架這麼簡單的，他覺得江出雲一定能聯合他父母，一刻不停的把他送到成編修的家中。因此他立刻掉轉頭落荒而逃，逃回宴席上，呼朋引伴的繼續他的飲酒大業。

喜娘看見江出雲從前廳走了進來，大聲的說道：「新郎來了。」

滿月聽到聲音，立刻替何葉理了理坐得稍微起了縐褶的喜服。

喜娘跟著江出雲進了門，拿起一旁準備好的秤桿。「還請新郎掀起新娘的蓋頭來。」

江出雲用秤桿一挑，紅蓋頭飄落了下來，兩人喝了交杯酒，見步驟都差不多，江出雲打發喜娘出去，滿月也識趣的站在門外守著。

江出雲想著何葉一天下來沒吃過東西，先讓廚房傳點吃的上來。

何葉這個時候從懷裡掏出都焐熱了的布包，交給江出雲。「你送了這麼多禮物，這個是給你的。」

江出雲沒想到何葉會在這個時候給自己回禮，他打開後，發現是兩枚玉質戒指。

何葉向江出雲解釋說：「這戒指，是一對的。」

何葉邊說，何葉邊拿過一枚，套在江出雲左手的無名指上。「就像這樣。」

何葉給江出雲戴上後，鬆了口氣，她去玉坊訂製的時候，生怕尺寸不對，要是太大或太小，不都顯得她這份禮物沒有誠意。

「輪到你了。」何葉將手伸到江出雲面前，江出雲學著何葉的樣子，將戒指給何葉戴上，何葉雪白的肌膚襯得這個玉戒指更是透亮。

江出雲給何葉戴上之後，反手將何葉的手握在手裡，他總能在何葉這裡發現點稀奇古怪的驚喜。「這個戒指有什麼寓意嗎？」

何葉思索了一下。「都說十指連心，戴著這個就代表我們以後都不會分開了。而且別人看到這個，就應該知道你家裡有夫人了，那些鶯鶯燕燕就近不了你的身了。」

她其實也不清楚戴戒指的真正涵義，在現代就是已婚的象徵。

江出雲卻鄭重其事的點了點頭。「好的，夫人，我以後身邊只有夫人一個人。」

何葉被他的稱呼喊得羞紅了臉，江出雲見她這樣，也不再逗她。

「從今往後，妳想做什麼，我都陪妳。」

何葉看著江出雲說得誠懇，漆黑的眼眸中映出她的倒影，她覺得這句話比她聽到過的任何情話都要動聽。

兩人相視一笑，未來長路漫漫，將一起攜手走下去。

桌上的紅燭也燒得正旺。

新婚三天，待何葉歸寧之後，江出雲帶著何葉從寬陽侯府搬到新的府邸。

新宅子雖然比不上寬陽侯府和丞相府精緻開闊，但勝在這裡的一切都可以由何葉作主規劃。

別人府裡的後院大多都是百花盛開、爭奇鬥豔，何葉則是在她家後院開荒闢地，打算開始種菜。

除了種菜，還種了許多的果樹，石榴樹、山楂樹，何葉想著等山楂結果子的時候，可以用來做糖葫蘆。

江出雲對府裡的一切安排也不過問，只是由著何葉折騰，偶爾捧一本書坐在一旁，看著何葉指揮下人撒種子。

轉眼就開了春，柳樹開始抽芽，地裡的種子也都冒出了頭。

何葉還想看著這些果苗長成能結果的果樹，但先等來的是江出雲讓她收拾行李的消息。

何葉對古代出遠門一無所知，她來到務城，去過最遠的地方，就是跟江出雲一起去採藕那一次。

她只能將打包的事情都交給滿月，自己則是跑去書房找江出雲。

「我們要去哪兒？」何葉進門的時候，江出雲剛好在捲地圖。

江出雲重新展開地圖，指了指一塊地方給何葉看。「去峰城，此處群山環繞，我們從務城一路出發，到峰城正值夏日，正是吃菌子的時節。」

「你這次去，可是有事要辦？」何葉總覺得江出雲能帶她出遠門應該是有事情，但又想不出翰林院有什麼事情，需要他跑到如此偏僻的地方。

「沒有特別重要的事情，主要是陪夫人去遊玩，若是時間充裕，再往東邊走，還可以去看海。」江出雲摟過何葉的腰說道。

何葉之前不知道江出雲是個如此會說情話的人，近日卻發現，江出雲總是叫她夫人來逗她。

聽到還能看海，何葉開始對這趟旅程充滿期待。

江出雲此番出行，確實不是因為翰林院的事情，而是皇上說既然他要帶夫人四處遊玩，不妨替他去看一看各地民情。

江出雲沒有跟何葉說，是不希望何葉為了這些事情分心，沒了遊玩的興致。

這一趟出行，何葉沒帶滿月，反正她和江出雲平時也不大需要人伺候。

她將滿月打發到聿懷樓去，美其名曰替她監督聿懷樓的運作，實際上希望她能把握住和姜不凡相處的機會。

而自從江出雲搬出府之後，在秦萍眼裡，江出雲也算和寬陽侯府分了家，江出雲不再受江徵傑青睞，故而在寬陽侯府也收斂不少。更何況還有江出硯看著她，自然不會對周婉圖謀不軌。

江出雲這才將青浪召回來，此次出行青浪也隨行。

青浪以前畢竟也是混跡江湖的人，在路途上自然也比江出雲這個久居務城的公子更為熟悉。

出行這天，滿月在府門依依不捨的和何葉告別，此時何葉滿心雀躍，但還是安慰滿月。「妳可千萬別哭，我又不是不回來，妳去聿懷樓待一陣子，我就回來了。」

滿月淚眼矇矓的看著馬車消失在路途盡頭。

何葉撩起簾子看著外面騎馬的青浪，突然生出了馬上要行走江湖的豪情壯志，但看了看坐在身旁的江出雲，她還是認清現實，俠女這件事確實離她有一點遙遠。

江出雲表面在看書，實際上餘光則是關注著何葉，只見她的表情一會兒喜悅，一會兒失落，一會兒還有點惆悵。

他從帶著的小盒子裡拿出糕點，綠豆糕、棗泥酥、椒鹽餅，甜的鹹的應有盡有，遞給何葉，何葉不知道江出雲還特地備了小點心，吃得津津有味。

這一路江出雲帶著何葉走走停停，四處遊覽，光在陸路也走了一月有餘。

這業朝在皇上的治理下，所經之處繁華鼎盛，就算是鄉間，也可說是家家溫飽，一路太平。

這一個月裡面既住過客棧，也借住過農家，甚至風餐露宿的過了幾天，何葉也不覺得累，反倒是覺得新奇。

真正抵達峰城，還需要轉一次水路才能到達。

在前往峰城的船上，何葉看著清澈的河中，那些黑色的魚苗，便想著這裡是不是有什麼河鮮可以撈了嚐個鮮。

但想著他們這一路到峰城後，便鄰近海邊，雖然各有千秋，但海鮮畢竟還是比河鮮風味更佳。

一到峰城，何葉就在客棧裡收到錢掌櫃從聿懷樓寄來的信件，表示現在聿懷樓一切都好，何葉對著信紙樂開了懷。若是聿懷樓的盈利一直翻，那她可就賺得盆滿缽滿。

正當何葉還在樂呵的時候，江出雲從外面走了進來，說是在峰城的院子已經租好了，不需要再住在客棧裡。

何葉提著包裹和江出雲來到了租賃的小院，院子坐落在城郊，離山腳還一段距離，但又能看到青山疊嶂、翠樹成蔭。

他們和青浪剛踏進小院裡，就聽「轟隆」一聲，雷聲大作。烏雲越來越密集，天越來越黑，不一會兒，大雨就像瀑布一樣倒了下來。

何葉慶幸，還好江出雲做好了萬全準備，早就叫青浪預備好了存糧，就算下暴雨也不需要再出遠門去採購。

這雨一下就是兩天，何葉這幾天只能看著簷外的雨滴連成線，滴滴答答落在青石板上。

在屋裡實在閒得無聊，她纏著江出雲學圍棋，可是被那些繁雜的術語繞得暈頭轉向，只能放棄，轉而讓他陪自己下五子棋。

偶爾何葉稍微一走神，就被江出雲連成五子，何葉耍賴悔棋，江出雲也由著何葉胡鬧。

第三十一章

日上三竿，何葉醒過來的時候，身邊已經不見江出雲的身影，她伸了個懶腰，決定起床察看。

出門的時候，江出雲和青浪正好推開門進來。

「醒了？」江出雲問道。

「嗯，你們去哪兒了？」何葉懶洋洋地倚在門框上問道。

「去看看能不能上山採菌子。」江出雲答道。

何葉一聽有野生菌子，立刻站直，跑到青浪揹著的籮筐前看了一眼，發現裡面基本上空空如也，有的只是一些這個季節常見的時令蔬果。

江出雲見何葉難掩失望，這才解釋道：「問了當地人，說要天放晴兩、三日之後，才是採菌的好時機，我們兩人出門也晚了，說要天還沒亮就上山。我已經找了當地人，願意到時候帶我們去採菌。」

「真的嗎？」何葉眼睛一瞬間就亮了起來。

「只不過到時候就可能要早起。」江出雲說道。

在新鮮的菌子面前，何葉覺得早起是小事，以前在聿懷樓當學徒的時候不也是日日早起，只不過現在江出雲不叫她，她才多少有點任性妄為。

到了那一日，天還未亮，月亮還高懸在夜空中，江出雲就輕聲將何葉叫起來，沒讓何葉穿平日裡的裙裝，找了一套他的衣服給何葉穿上。

「山上蛇蟲鼠蟻都多，妳手腳都裹嚴實。」江出雲替何葉細心檢查了一遍衣著，見沒有問題，又塞了個香囊給何葉。「這是附近藥坊配的驅蟲藥，妳帶著。」

「那你呢？」何葉擔心江出雲光顧著她了。

「我也有，不用擔心。」江出雲揉了揉何葉還沒梳起來的秀髮。

何葉為了配合這一身造型，俐落的將頭髮盤成一個丸子頭，再用束髮帶裹緊。

江出雲剛穿戴整齊，門外就傳來敲門聲，一身黑衣的青浪出去開了門，門口來的正是約定帶他們上山的農夫。

他們一行人坐著農夫架著的驢車來到山腳下，此時向山裡看過去黑影重重，農夫給三人一人一盞燈籠，用來照明。

走進山裡，何葉就能聞到泥土的芬芳，只不過畢竟走慣了平坦的路，一時走山路，她也是走得磕磕絆絆，好在江出雲一路拉著她。

她看著前面的青浪，走起路來如履平地，心中羨慕。

沒走多久，農夫就指著一小叢白色的菌類給江出雲和何葉看。「這是雞樅，這種可以食用，你們不妨採點回去。」

何葉見那雞樅菌根部細長白嫩，頂部有個微小的傘蓋，第一次親眼看到長在深山裡的菌菇也覺得新奇，拿著小鏟子，一點一點將雞樅挖出來放到籮筐裡去。

農夫又帶著他們不知道走了多久，這一路上何葉見識到不少的菌類，有些菌類看著外觀鮮豔美麗，但卻帶著毒，讓人望而卻步。

突然，領路的農夫在一塊地方停了下來，說道：「這一帶偶爾能遇見松茸，今天就看你們的運氣了。」

何葉一聽有松茸，更是來了興致，立刻蹲了下來，江出雲擔心何葉不方便尋找，接過她手裡的燈籠，替她照亮。

拿著小鏟子，何葉撇去地上掩蓋著的落葉和雜草，輕輕挖了挖土，就看見一根白白胖胖的松茸，不免讚嘆自己運氣極佳。

農夫看著何葉不費吹灰之力就能找到松茸，也連連感嘆何葉運氣好，還說這松茸正是傘蓋還沒長開的好時節，定是味道鮮美。

那農夫也挖了挖，運氣好，收穫了兩根松茸，打算拿到集市上去賣。

等到一行人下山的時候，太陽早已從山後散發出柔和的金光。

青浪按照江出雲之前所言，給了農夫一些銀子，農夫推託了一番才肯收下，又將採到的松茸贈給了他們。

回到院子裡，何葉顧不得換下沾了泥水的衣服，先將雞樅和松茸都清洗乾淨，切除根部備用。畢竟她這一路上難得可以露一手，自然不會錯過這個機會。

江出雲見何葉忙著處理菌菇，開始幫忙生火、淘米、燒飯。

何葉將買來的五花肉切成肉絲，打算和雞樅菌一起炒製，再將三個雞蛋打成蛋液，用來做松茸蒸蛋。

何葉切了一根松茸，覺得量差不多了，決定另外兩根晚上做松茸炒飯。

雞樅炒肉絲，雞樅的口感確實與雞肉十分相像，油炒過足夠以假亂真。松茸蒸蛋則是最大程度的釋放出了松茸的香味，和著軟嫩滑順的蒸蛋，滿口留香。

一清早就出門運動的消耗，這個時候才真正的彌補了回來。

後面的幾日，江出雲總是早出晚歸，何葉也知道江出雲有事情要處理，也就沒纏著他，反而過起了在家安心燒飯的日子。

從市集上買點新鮮採摘的無毒菌類，炒個飯再煲個湯，日子過得好不愜意。

直到江出雲那日回來，問她。「妳想多住兩天，還是去看海？」

「看海！」何葉毫不猶豫的選擇了後者，一直待在院子裡也是無聊。

「好，那我們就去看海。」江出雲寵溺的說著。

從峰城離開後，江出雲帶著何葉從水上轉道，前往了另一個目的地泳城。

一踏上泳城的土地，何葉就覺得此處臨海的特徵特別明顯，潮濕的空氣，吹來的風也飄散著經久不散的海水中的鹹味。

來到泳城的第一件事，江出雲就讓青浪去租院子，他則帶著何葉到海邊。

海上碧波蕩漾，陽光灑下，反射出晶瑩的光芒。白色的浪花一層接著一層朝著沙灘邊湧來。

不過穿著裙裝和鞋，何葉不敢輕易朝海邊走去，而且最關鍵的一點是她並不通水性。

江出雲就見何葉突然跑到一旁，撿起一根枯樹枝，重新回到沙灘上，拖著樹枝不知道在寫什麼。

江出雲歪了歪頭才看出地上是兩個大大的「江」和「何」，何葉寫完後，快速跑回到江出雲身邊。

這時，正好一陣浪花襲來，將何葉剛剛寫下的兩個字帶走，沙灘又恢復成原本平整的樣子。

青浪趁著這個時候，走過來向兩人表示，房子已經租好了。

江出雲這才帶著何葉來到小院，正巧遇到了小院隔壁的鄰居出門，對方穿著乾淨的粗布衣衫，皮膚也曬得黝黑，身上揹著漁網，一副要出門打漁的裝扮。

反而何葉和江出雲雖然連日趕路，衣服也沒帶幾套，卻並未顯得風塵僕僕。

「你們就是租了老李房子的人？我還以為是誰呢。」那漁夫開朗的說道。「我姓謝，叫我老謝就行，我家內人在家，要是有事幫忙找我家就行，你們看著也不像本地人。」

「好的，多謝。」江出雲開口道了謝。

那老謝也沒再多說，拉著漁網就往剛才他們回來的方向走去。

何葉和江出雲簡單的收拾了一下本身就不多的行李，也不知道是不是連日的趕路，何葉突然感到一陣睏倦。

何葉本想去集市看看，是不是有什麼新鮮的海貨，可以今晚嚐鮮一下，結果卻被江出雲勸去午睡。

「你不睡嗎？」何葉看著江出雲問道。

「我不睏，妳睡吧。」江出雲提著水壺，看樣子是要準備去燒水。

「那你待會兒還要和青浪出門嗎？」何葉從枕頭上抬起頭問道。

「不去，哪兒都不去，燒個水就過來陪妳。」江出雲替何葉掖了掖被角。

何葉這才放心的轉了個身，沈沈的進入了夢鄉。

江出雲聽到何葉呼吸趨於平緩，這才放輕腳步出門燒水。

江出雲發現何葉這幾日看著面色不好，也不知道她是不是因為長途跋涉累了，又不想拖後腿耽誤行程，才瞞著不說。尤其剛才看海的時候，他看何葉雖然表現得很有興致，但總是透露出一股子疲乏。

為免何葉再想著做飯的事情，他吩咐青浪去附近看看有什麼館子，晚上就找家店打點飯菜回來。

何葉這一覺醒來已經是日落時分，她覺得似乎睡得格外的熟，才睜開眼，就看到江出雲坐在床邊，替她擋住從窗外透進來的陽光。

「醒了？」江出雲柔聲問道。

「嗯。」何葉含糊不清的點了點頭。

「那起來吃飯吧，青浪把飯菜都買回來了。」

何葉在繼續睡和吃飯之間掙扎了一下，還是坐起來醒了醒神，準備洗漱吃飯。

她剛踏出房間門，門外就響起了雜亂的敲門聲。

青浪頗為警覺的搶在何葉之前，先去開了門。

就見一中年婦人從青浪開的門縫間擠進了來。「我是隔壁老謝家的，你們叫我焦姨就行，這周圍的人都這麼叫。老謝跟我說了老李家住了年輕的小倆口，還帶了個年輕的小夥。這看你們家裡連煙都沒有，想著大概是不會燒飯的，這不我們家包了點餃子，給你們分點。」

那老謝的夫人一口氣說了一長串的話。

在她口中不會燒飯的何葉只能連聲道謝。「謝謝妳，勞你們費心了。」

江出雲也在一旁表示多謝老謝家的照顧。

「這怎麼會？反正都是多包了點，這不正好分給你們。」焦姨爽朗的說道，她看了一眼他們桌上的飯菜。「這是不是在陳家菜館買的？他們家的菜就是鹽放得多，東西還不一定新鮮。你們要是想吃海貨，叫我們家那口子給你們打，保證魚又大又肥。」

何葉也知道這焦姨並無意詆毀人家菜館，只是覺著他們是外鄉來的，對這裡不夠瞭解，這才一股腦兒的都說了。

就見這位婦人一拍腦門。「我們家那口子還等我吃飯呢，你們也快趁熱吃。」說著又一溜煙的回了家。

何葉和江出雲對視了一眼，還是讓青浪坐下來一起吃飯。

看著面前白嫩的餃子還冒著熱氣，聞著味道似乎也不是平時常包的餡料，待到何葉咬下一口才發現，裡面的餡料不是肉餡，是雪白粉嫩的魚餡料，點綴著一些青綠的韭菜，口感滑嫩鮮美。

比起肉餡，魚餡的工序更複雜，魚要去鱗、去內臟、剔骨，再將魚肉刮下來剁碎，加料酒去腥，調成魚餡包入餃子。

既然隔壁人家如此熱情，何葉想著他們在此處還要住上一段時間，在人情往來方面總是要有來有往。

第二天，江出雲陪著何葉去了市集。市集上熱熱鬧鬧的擺放著各式貝類、魚類，和一些何葉見都沒見過的海鮮。

何葉挑挑揀揀，選了一些扇貝、蟶子還有小鮑魚回去，準備做個蒜蓉蒸扇貝、蟶子炒蛋和鮑魚紅燒肉。

回到小院之後，何葉將這些海鮮浸到鹽水中吐沙，轉身就開始忙著其他材料的準備。

將買來的五花肉焯水去浮沫，等待五花肉去除血水的時候，何葉也沒閒著，將買回來的小鮑魚一個個清洗乾淨，去除內臟，再將表面切花。

緊接著將蔥、薑、八角等香料，同煸過的塊狀五花肉一同下鍋翻炒，加上一點醬油和冰糖，開始小火慢燉。

轉身開始準備蒜蓉蒸扇貝和蟶子炒蛋，大約過了半個時辰，紅燒肉的香味已經瀰漫了整個廚房，就連青浪也被吸引來門口張望一下。

何葉見紅燒肉已經燉煮得差不多，就將鮑魚放入，不然和紅燒肉一起燉煮，時間太長，就沒了鮑魚本身彈牙的口感。

等鮑魚白色的外表也開始染上泛著光澤的醬色，何葉見收汁也差不多了，盛出來分了兩份，打算送一份到隔壁老謝家。

江出雲和青浪端著何葉燒的菜，何葉敲響了隔壁的家門，焦姨出門一看是何葉，立刻將人迎了進去。「你們怎麼來了？」

「燒了點菜，謝謝你們上次送的餃子。」何葉笑著說道。

「小娘子真是客氣，上次那個鱍魚餃子還好吃吧？」焦姨還挺擔心餃子不合他們口味。

「好吃，特別好吃。」何葉想著上次的鱍魚餃子，入口回香。

「如果還想吃，就跟我說，下次我包了再給你們拿過去。」焦姨拉著何葉親切的說道。

何葉謝了一聲，表示也不打擾了，他們也要回家吃飯。

「誰啊？」老謝從房間裡拿著擦臉巾走了出來。

「就隔壁的，你說，看著像富貴人家，倒看不出那個小娘子是會燒菜的，我之前聽你說，還以為是養尊處優的大戶人家。不過究竟不是住在海邊的，這新鮮的食材還用這麼重的調料，應該蒸一蒸，保持原來的味道就好。」

「人家好心，妳也不要挑三揀四的。」老謝對著焦姨說道。

「我就隨口一說，我看這小娘子手藝挺好，這做得也挺複雜，跟那些館子裡有得一拚。」焦姨說道。

「等吃完你要不要去問問他們，想不想跟你一起打漁，我看著這三人也是來見世面的。」

「行，那待會兒我去問問。」

一頓飯下來，焦姨對何葉做的菜讚不絕口，想著未來一定也要找個何葉這樣的兒媳婦。

老謝去敲了隔壁的門，何葉自然是一口應下，江出雲也沒有反對，想著讓何葉去吹吹海風也好。

可是第二天終究是沒有成行，何葉一到漁船邊，聞到了濃烈的海腥氣，突然感覺一陣噁心感直衝喉嚨，忙到一旁嘔了起來。

江出雲不放心，趕緊跟過去，將帕子遞給何葉，讓何葉擦了擦嘴。

最後，他讓青浪跟著老謝去出海打漁，他則是帶著何葉回到小院，原本想請焦姨照顧何葉，但焦姨以這裡江出雲不熟的原因，讓他留在何葉身邊，焦姨則跑出去幫忙找大夫。

那大夫診了診何葉的脈象，隨即恭喜道：「恭喜二位，這是喜脈啊。」

之後那大夫說的需要注意的內容，何葉一個字也沒聽進去，看著她平坦的小腹，想不到這裡面還孕育了一個小生命。

焦姨知道現在不是打擾夫妻二人的好時機，說去送大夫，其實將空間留給這二人。

江出雲用手背摸了摸何葉的臉頰。「好好休息，不要再勞累了，我們在這兒多住一段時間。」

何葉還懵著，順著江出雲說的話點了點頭。

這一住，就是三個多月，其間焦姨總是隔三差五的煲點湯、做點小菜拿過來，她想著這兩個大男人未必能照顧好何葉。

卻沒想到這家兩個男人倒都是會做菜的，將何葉照顧得氣色一天比一天好。

等到大夫說何葉已經足夠穩定了，江出雲這才租了一輛馬車，鋪上了厚厚的錦被、靠墊，想方設法讓何葉坐得舒適。

回務城的路上，江出雲和青浪哪怕需要繞上遠路，也盡可能安排陸路，這樣也方便每到一地，及時給何葉請大夫。

回到江府的時候，何葉的肚子已經開始顯懷了，周婉和簡蘭芝早就收到消息，都第一時間上門去看望何葉，對著何葉千叮萬囑。

兩人本打算在江家住上一段時間照顧何葉，後來都被江出雲給勸回去。

何葉就開始過上了無憂無慮、吃吃喝喝的日子，就連聿懷樓的事情，她也懨懨的打不起精神，都交給了江出雲打理。

到了何葉陣痛的那一天，江府上下亂作一團。

隨著「哇——」的一聲啼哭，大家都知道江府迎來了一位小少爺。

第三十二章

「娘親，爹爹！」江之綏邁著小短腿想要跨過門檻，結果一屁股坐在門檻上。他站起身拍了拍衣服上的灰塵，用手扶在門檻上，終於跌跌撞撞的連走帶爬進了門。

江之綏一進門就直接張開雙手往何葉身邊衝。「娘，抱！」

剛想要撲向何葉的腿上，他瞥見江出雲的眼神，立刻拐了個彎。「爹，也抱！」

江出雲看著江之綏穿著過年穿的紅襖，大概是跑過來的原因，白嫩的臉蛋上紅撲撲的。

他放下手中正在讀的書，將江之綏抱到腿上，江之綏卻眼巴巴的看著何葉的方向，但他現在也知道娘只要在看食單，必定會完全入神，對周圍的事情不管不顧。

「娘，您是在看年夜飯的食單嗎？」江之綏從早上起床就開始想著這件事情，終於過年了，他想起去年年夜飯上的大肘子就偷偷的嚥口水。

江之綏偷偷看了一眼抱著他的江出雲。「爹，我可以跟著娘一起去廚房看看嗎？」

「我跟你一起去。」江出雲回答道。

江之綏突然想到他上次偷偷溜到廚房想要偷吃大雞腿，被父親發現，結果被罰了下午不准吃點心。

被爹訓了之後，他默默記恨了一小陣子。他想著明明爹自己就動不動去廚房找娘，菜有時候還沒盛出鍋，爹就在旁邊嚐味道。

但是後來娘也教訓他，不能在廚房順便亂跑，他這才覺得爹說的是對的。畢竟他個子矮，廚房生著火，若是不小心可能就受傷了。

江之綏見何葉還在研究食單，想從江出雲的膝蓋上滑下去，溜到後院去找滿月姨姨玩躲貓貓。

此時，管事前來通報。「少爺、夫人，寬陽侯和丞相都來了。」

「請進來吧。」江出雲開口吩咐下去。

何葉這才從聿懷樓送來的新一季的食單中抬起頭。「都來了？」

「都來了，出去接接吧。」江出雲說道。

江之綏一聽立刻跑出去，他知道長輩一來，他今年的壓歲錢就有了著落，可以拿錢去買糖吃。

江徵傑之前一直不喜何葉，覺得她出身也不算好，就算打理聿懷樓，在他眼裡也不過是一介婦人，更不滿江出雲做什麼不好，非去學商人那套。

直到江之綏出生，他看著這個生得十分可愛的小孫子，用糯糯的聲音叫著他「爺爺」，他這才心軟了幾分，逐漸真心的接納了何葉。

「爺爺、奶奶、外公、外婆。」江之綏說著就向四人衝了過去。

江之綏也知道，若是只抱了其中一人，必定會惹其他人不高興，轉了個身，去拉江出雲和何葉的手，何葉被江之綏機靈的舉動弄得哭笑不得。

江出雲輕輕拍了拍江之綏的頭，江之綏這才又轉了回去，跑過去一手拉著周婉，一手拉著簡蘭芝進了前廳。

兩位長輩自然笑得合不攏嘴，一坐下，就從懷裡掏出荷包，遞給江之綏。

江之綏的眼神不停的往江出雲和何葉身上瞥，看見江出雲點了點頭，他這才歡天喜地的收下了兩袋沉甸甸的荷包，打算躲到房間裡去數一數能買多少包糖。

江之綏人小腿短，手腳並用才爬上了大人坐的太師椅上，聽著其他人在講著那些雲裡霧裡、他一知半解的話。

他晃悠著小短腿，就聽到娘說，打算去後廚看看準備情況，他眼睛一下子就放亮了，他從椅子上滑下來，打算跟著娘一起去。

姜叔叔要是在的話，總會給他偷偷塞點好吃的蜜餞。

江出雲看出江之綏的心思。「之綏，你留下陪陪你爺奶外公外婆，我和你娘去後廚看看。」

江之綏隨即將嘴嘟了起來。「爹，您是騙子，說好帶我一起去後廚的。」
「說帶你去後廚，但沒說什麼時候不是嗎？」江出雲對著江之綏說道。
江之綏眨巴著眼睛想了想，覺得他爹說得有道理，反正也不急於一時，就點了點頭。「是，我在這裡陪他們。他們都好久沒見我了，一定很想我。」
江之綏彷彿自我肯定般的點了點頭，轉身同手同腳的又開始爬椅子。
長輩四人看著江之綏的動作，都是忍俊不禁。
「來，別坐了，到外公這邊來，外公有東西給你。」陶之遠招呼著江之綏。
陶之遠從侍從手裡，接過帶來的蹴鞠。「看，這是什麼？」
「蹴鞠！我可以踢嗎?!」江之綏兩眼發直的盯著那個用皮革做成的球，瞬間將不能去後廚吃蜜餞的那一點憂傷拋之腦後。
陶之遠知道江之綏是個活潑好動的主。「走，外公帶你去踢。」
陶之遠牽著江之綏的手，就要往後院走，江徵傑自然也是不甘示弱，他好歹也是個武將，這種需要運動的事情，怎麼能讓個文臣搶了先？
「爺爺也陪你一起，好不好？」江徵傑也追了過去。
江之綏點了點頭，踢蹴鞠這件事自然是人越多越好。
周婉和簡蘭芝相視一笑，跟著他們到後院，坐在一旁的亭子裡圍觀。

江出雲和何葉從後廚出來，就聽到江之綏在那邊大喊：「外公，把蹴鞠傳給我！」

陶之遠沒有用力，只是輕輕一下，蹴鞠就滾到了江之綏的腳下。

江之綏一看見江出雲和何葉走了過來，立刻收了玩樂的心思，拿起腳下的蹴鞠，小心翼翼的將蹴鞠捧到懷裡，跑了過去。「這是外公送我的蹴鞠，我可以留下來玩嗎？」

「當然可以啊，但是你記不記得娘跟你說過什麼？」何葉蹲下來，直視著江之綏的眼睛說道。

江之綏用力的點了點頭。「記得，不可玩物喪志。」

「那就去玩吧。」

江之綏見爹爹也沒提出反對意見，回頭對江徵傑和陶之遠說道：「外公、爺爺，我們再來！」

剛準備坐下喝口茶的兩人，聽到這句話，只能認命的繼續陪著江之綏瘋玩。

吃過了年夜飯，江徵傑和陶之遠也都和各自的夫人回了府。

江之綏則是纏著江出雲和何葉說想要守夜看煙花，結果還沒等到各家響起爆竹聲，就已經在何葉身上，拽著何葉的衣服進入夢鄉。

何葉輕輕將江之綏放到了床上，留了下人看守，回到前廳，打算和江出雲一起看煙花。

「睡了？」江出雲問道。

「嗯，許是下午玩得累了。」

兩人不知不覺的說話間，天邊的煙花綻放出了明亮的光彩。

正月初一，家家戶戶都早早起了床，鞭炮聲不絕於耳。

江之綏貪戀床的溫度，但還是被拖了起來，打扮成了一個紅色的可愛團子，被裹得嚴嚴實實的，穿著兔毛鑲邊的紅色比甲，活像從年畫裡走出來的小娃娃。

江府還沒打算開門迎客，何間就帶著何田上了門。

江之綏還沒走到前廳，聽見何田來了，又腳下生風的往前廳跑去，見到何田就抱住對方的大腿不肯撒手。

何田一把將江之綏提起來，讓他騎到脖子上，江之綏樂得直拍手。

何葉見到何田，發現明明離上次見面只不過隔了兩、三個月，何田的個子又往上竄了竄，皮膚黑得都快跟碳有得一拚。

她知道何田和青浪學武，也不是一朝一夕就能學成的，這膚色大概也是何田用功的結果。

「姊夫，不如我們待會兒去過兩招。」何田現在找到機會，就要尋人討教武功，搞得何間對他的安危一直提心吊膽。

「你這小子就一天到晚瞎胡鬧，還以為你學武能收收性子。」何間如今也打不到何田的頭，只能一巴掌拍在何田的臂膀上。

「爹！這之綏還在我頭上呢，掉下來怎麼辦！」何田大聲喊著。

何葉看著這父子二人的相處，真是一絲一毫都沒有改變，也不禁輕笑出聲。

「何師傅放心，我和何田點到為止。」

聽了江出雲這麼說，這才放心讓何田跟著江出雲去後院。

江之綏戀戀不捨的從空中回到了地上，畢竟他爹說了刀劍無眼，他不適合跟著一起去。不過沒關係，他這個外公來了，意味著他可以享口福了。

「不凡在你們這兒還好吧？」何田不無擔心的問道。

「好，都好。」何葉回答道。

何葉和江出雲離開務城的那段時間，滿月去聿懷樓幫廚，姜不凡這麼神經大條的人，也被滿月一顆真心所打動。

等何葉和江出雲回來，兩人成了婚，當時恰巧府裡的廚子家中有事，姜不凡為了和滿月離得再近一點，從聿懷樓辭了職，在江府當了家廚。

在江出雲和何葉從泳城回來之後，也讓何間從忙碌的聿懷樓退了下來，給何間租了個院子，開了一間一月只接兩桌的私房菜館。
雖然定價出奇的高，但何間作為進宮當過御宴廚師的名聲在外，來預訂的人趨之若鶩。
聿懷樓也重新招了一批新的廚師，開始了全新的經營。
此時的江之綏，才不管何葉和何間的敘舊，只想看看何間帶過來的食盒裡有什麼寶貝。
何間見江之綏眼饞得緊，就招呼了江之綏過來，從食盒裡拿出豆沙酥、蛋黃酥等一口大小的小點心。
江之綏一口一個吃得好不開心，嘴巴一圈沾著各種點心的碎屑。
只是發現何葉對著他使了個眼神，他也知道若是點心吃多了，就該牙疼了，只能略帶委屈的收回想拿下一塊點心的手。
何間還想逗逗江之綏，就聽管事前來通報，說是顧中凱來拜訪，何葉趕緊派人去請在後院跟何田過招的江出雲。
顧中凱人還沒進門，聲音卻先飄了進來。「嫂子我來給妳拜年，新年快樂。」
何葉還沒來得及說話，一道矮矮的身影從何間身上下來躥了出來。「顧叔叔！」
顧中凱一把抱起江之綏。「喲，小之綏，倒沒忘了你顧叔叔。」

說著還將江之綏往上拋了拋又接住，逗得江之綏直格格笑。「沒有忘記！因為只有顧叔叔每次都空手來，不給我帶吃的，還要從我家拿吃的走。」

「又在瞎說了是不是？」江出雲的聲音響起。

江之綏把頭向下縮了縮。「我才沒有胡說，我是在說實話。」

「我們家之綏可真是聰明，要是每個寶寶都像你這麼聰明就好了。」顧中凱將江之綏舉了舉。

「你要是想，你也可以。」江出雲對著顧中凱說道。

顧中凱卻一副卻之不恭的樣子。「我還是免了，我現在逍遙日子過得可開心了，可別想用娃娃束縛我，我來你家看之綏就夠了。」

吃過午飯，才送走何間和顧中凱一行人。就聽到管事來報，說是昱王和王妃帶著圓圓小姐來訪。

何葉驚奇不已，按理，應該是她和江出雲上門拜訪，沒想到他們倒先過來了。

「圓圓是誰？」江之綏聽過昱王的名字，也知道自己家的酒樓就是從昱王殿下手上買下來的，但是卻從來沒聽過「圓圓」這個名字。

「是個漂亮姊姊哦。」何葉摸摸江之綏的頭說道。

一聽是漂亮姊姊，江之綏瞬間有了活力，一溜煙的跑了出去。

但他沒看見人，只看見一片粉色的裙角在昱王和昱王妃的身後，接著從昱王妃身後出現了一個跟他一般高的女娃娃。

不是說姊姊嗎？怎麼跟他一樣高？江之綏默默打量著圓圓。

圓圓也看著面前稚氣的男孩，她沒聽爹娘說過今日這府上也有個孩子。

江之綏想著身為男子漢，就應該勇敢一點，走上前一步。「我叫之綏，妳是不是圓圓？」

圓圓點了點頭，她也少見和她一般大的孩子。「我四歲啦，你幾歲啊？」

「我三歲。」

「那就是弟弟啦，你家有什麼好玩的嗎？」

圓圓說完就去拉江之綏的手，江之綏被圓圓一拉手，瞬間就臉紅了，但仍秉持著江府小主人的自覺。「我家有魚塘，可以餵魚，還有梅花樹，妳要去看嗎？」

「那走吧。」圓圓反客為主，拉著江之綏往後院的方向走了過去。

江出雲和何葉走出來，看到兩個小朋友手牽手離開的背影，何葉見昱王妃面色擔憂，連忙寬慰。「不用擔心，滿月會跟著一起，之綏也有分寸的。」

昱王夫婦從封地返回務城，今日，剛從皇宮拜年出來，昱王妃路過大門緊閉的聿懷樓，突然想到何葉，這才會突然到江府拜訪。

昱王和昱王妃與他們二人聊了會兒天，問了聿懷樓如今的狀況，邀請二人帶著江之綏到運城小住，這樣圓圓也可以有玩伴。

臨到昱王和昱王妃要走的時候，江之綏和圓圓依舊不見蹤影，何葉帶著昱王妃到後院，就看見兩個小孩蹲在池塘邊說著悄悄話。

「圓圓走啦！」昱王妃喚了一聲，圓圓這才有點不情不願的站了起來。

她看了一眼江之綏，拉過他的手拉著勾，特別認真的說道：「不要忘了我們的約定，你一定要到運城來找我玩。」

江之綏點了點頭，跟著爹娘，一起送走了昱王一家人。

看著馬車離開，江之綏仰著頭問何葉和江出雲。「爹、娘，我們之後有機會去運城的是不是？我還想找圓圓玩。」

「你要是在功課上表現好，就帶你去運城玩。」

「真的嗎？」江之綏撲閃著眼睛問道。

何葉輕輕捏了捏江之綏的臉頰。「你爹說話什麼時候有假？」

江之綏思索了片刻，格外認真的點了點頭。「那我現在就去學習。」

江之綏被嬤嬤帶著離開後，何葉對江出雲說：「陪我去趟廚房。」

「怎麼了，突然讓我陪妳去廚房？」江出雲反問道。

「秘密。」何葉故作神秘的說道。

何葉就算不說，江出雲也猜到她大概又研究了新菜式，想要讓他試一下。

到廚房的時候，廚師和廚娘紛紛向兩人請安，對兩人的到來也見怪不怪。

何葉將提前醃製好的咖哩雞翅放在江出雲鼻下。「你有沒有聞出這是什麼味道？」

江出雲覺得這味道有一點點刺鼻，似乎有些熟悉，但又有些陌生。

但他看到雞翅上的黃色粉末，才有了點印象。「這是不是我給過妳的香料？」

「答對了，不過當初那瓶已經被我用掉了，這是我那天上集市的時候無意中看到的。那個攤子也沒人買，我就全買下來了，大概有二十多瓶，我還跟攤主說好了，下次還有還留給我。」何葉說的時候，還略帶一點小得意。

江出雲將何葉的小表情全都看在眼裡，寵溺的笑了笑。「好，下次我陪妳一起去取。」

何葉起了鍋，熱了油，一邊還在碎碎唸。「我跟你說，這咖哩做咖哩飯也很好吃，還有咖哩粗麵也好吃。」

何葉嘴上在說，手上也不停，將雞翅放入油鍋中。

雖然是冬天，但廚房的熱度也讓何葉額頭上出了一層薄汗，江出雲見狀，拿帕子幫她擦了擦汗。

何葉對著江出雲一笑。

等到鍋裡的雞翅炸到兩面金黃，何葉將雞翅撈出瀝油，滿臉期待的看著江出雲。

「你嚐嚐。」

江出雲挾起一塊雞翅吹涼，一口咬下，雞翅外香裡嫩，還帶有咖哩的辛辣味道，似乎又帶了一點點甜味。

「好吃是不是？」

在何葉殷切期盼的眼神中，江出雲點了點頭。

「那就行，到時候就把這道菜加到聿懷樓的食單裡。」何葉一臉開心的盤算著。

「等我一會兒，我把另一份沒用咖哩醃過的雞翅也炸了，給之綏也吃一點。」何葉擔心江之綏年紀還小，吃不了太辣的東西。

在何葉將雞翅炸好，裝到食盒裡之後，江出雲自然而然的接過飄出香氣的食盒。

兩人在往書房走的路上，一直看著像要下雪的烏雲終於散開了，從雲縫中透出一絲陽光，灑在石子小路上。

江出雲和何葉心有靈犀的相視一笑。

番外一　王妃的食單

「怎麼看起來愁眉苦臉的？」昱王剛踏進房門，就見昱王妃的小臉皺成一團。

「這帳太難算了，雖然每個月都在算，但還是太複雜了。」昱王妃此時說話的口吻，沒了平時儀態端莊的樣子，反倒帶了一絲撒嬌，流露出小女兒的嬌氣。

昱王見王妃如此，伸手要合上昱王妃面前的帳本。「既然難算，就別算了，交給帳房先生就行了。」

昱王妃卻擋住昱王的動作。「不行，還是要看，萬一母妃問起來，我答不上那不就糟糕了。」

「沒事，母妃不會問的，若是問起來，我替妳擋著。」

昱王妃也知道一般情況下，母妃拉著她說體己話的時候，昱王豈會在她身邊？雖然如此，但她也沒有說出來，她知道昱王已經待她極好。

「都聽夫君的。」

「既然都聽我的，那就別看帳本了，後院的金木樨都開了，一起去看看。」

昱王妃在算帳和賞花這兩件事情上略微糾結了一番，還是沒敵過昱王的誘惑，拋下帳本，去賞花。

出了書房，昱王接過下人遞過來的披風，將昱王妃完全裹在披風中，只露出一張瑩白的小臉在披風的毛領外。

昱王妃只覺得這毛蹭在臉上，有些許癢意，伸出手將毛領往下拉了拉。

昱王看著對面站著的人，動作十分可愛，上手幫她將領口微微鬆了鬆，牽過她的小手，往後院走去。

只是在往後院去的路上，昱王就見身邊的人眼神還在四處亂飄，似乎還是在擔心書房裡的那些帳本。

後院的金木樨和桂花，有些花苞還藏在枝頭，一副欲語還休的樣子，一部分則是迎風招展，散發香味。

「對了，等什麼時候，我再將陶小姐請過來吧，也許桂花也可以入菜，可以讓陶小姐多教我做點菜。我若是讓陶小姐到府裡住兩天，你會介意嗎？」昱王妃略帶試探的問道。

昱王摟過她的腰。「只要妳開心就好，只是妳若是想要讓陶小姐教妳做飯，妳常年不下廚，不要太累了就行。」

昱王妃認真的點點頭。「放心，我會注意的。」

昱王妃近日覺得十分疲乏，明明算帳的事情已交給帳房先生，話本常常沒寫幾個字，就開始昏昏欲睡。

這一日，昱王正在為太后抄經，她給昱王磨好墨，在一旁拿了最新的話本看，還沒看幾個字，她就將話本蓋在臉上，睡了過去。

等昱王經書抄完的時候，抬眼就看到有人在榻上睡到縮成了一小團。

昱王輕手輕腳的將蓋在她臉上的書拿了下來，熟睡的王妃臉上紅撲撲的，烏黑的睫毛在眼下投下一小片陰影。

聽著榻上的人均勻的呼吸聲，昱王還是輕輕搖了搖她。「醒醒，不要睡了，不然晚上睡不著了。」

「唔……」昱王妃掙扎著從榻上坐起了身，眼神一片迷離，揉了揉眼睛。「我怎麼又睡著了？」

「有哪裡不舒服嗎？要不要請太醫來看一下？」

昱王妃搖了搖頭。「我沒事，可能天漸漸冷了，在房間裡一暖和，就想睡覺了。」

「那現在想不想吃飯？」

昱王妃這才看了看外面的天原來已經由亮轉黑。「吃吧，我讓他們傳膳。」

剛說完，就要下榻穿鞋出去喊人，昱王將她按回榻上。「我去吧，妳慢慢來，別出去急了，免得著涼了。」

她迷糊的點了點頭，似乎還沈浸在睏意中，沒有清醒過來。起身簡單打理了下被她睡縐的衣服，坐到桌邊等下人將飯菜端上來開飯。

下人將一道道菜端上桌，白切羊肉、涼拌海蜇、清炒菜心。

等到最後一條清蒸鱖魚上桌的時候，昱王妃突然覺得鱖魚散發出一股腥氣，讓人難以忍受，幾欲作嘔。她心下疑惑，以為是昱王怕她著涼關了窗，過於悶熱才會如此，想要強行將這股噁心壓下去。

但是她發現自己還是忍不住想要吐的慾望，趕緊從桌邊跑到門口。

昱王看到了妻子的舉動，眉頭深鎖，趕緊趕到門邊，輕拍著她的背。

昱王妃這一下，覺得她可能把胃都要吐空了，昱王從懷裡抽出手帕，給她擦了擦嘴，再接過下人遞過來的茶杯，給她漱了一下口。

昱王妃漱完口，只是搖頭，想要再坐到桌邊，看著一桌的菜卻一點胃口也沒有。

「我不想吃。」

「還是很不舒服嗎？」

她轉身又窩回剛才的榻上，合眼休息，昱王一臉憂心的坐在她身旁。

昱王妃卻推了推坐在床邊的昱王。「我吃不下，你也不能跟我一起受罪，你快去吃一點。」

「請太醫好不好？」昱王輕聲的哄著昱王妃。

她也知道昱王的性格就是如此，說一不二，也不再催促他去吃飯，就由著他坐在榻邊，有一搭沒一搭的像哄小孩似的拍著她，讓她安心。

「我真的沒事，我們再一起去吃一點。」昱王妃覺得已經沒有剛才的胸悶噁心，就起身拉著昱王坐回到桌邊，多少塞了點東西。

第二日，昱王照例去了官衙處理公務，昱王妃則偷偷派人去宮裡請了太醫，她不想給昱王本就繁忙的政事上徒添煩惱。

年邁的太醫揹著藥箱，顫顫巍巍的到了昱王府。「參見昱王妃。」

「太醫不必多禮，快快請起。」一旁的小廝將太醫扶了起來，讓其落坐。

昱王妃將近日來的症狀一一向太醫詳盡道來，聽完昱王妃的講述，太醫心裡已經有了猜測。待到診過脈後，更是證實了這一猜測。

「恭喜昱王妃，也恭喜昱王殿下，這可是喜脈啊。」太醫連聲恭喜。

昱王妃被這喜訊砸昏了頭腦，怔愣在原地。「這可是真的？」

「千真萬確。」太醫向昱王妃保證道。

昱王妃這才回過神來。「這件事還請太醫暫時保密，我想給昱王殿下一個驚喜。」太醫自然是應承下來，他也知道現在沒什麼事情比昱王妃肚子裡的孩子更重要，他給昱王妃開了幾副安胎藥，又細細囑咐昱王妃和身邊的下人一些需要注意的事項，這才離開。

昱王妃則開始思索要怎樣才能給昱王一個驚喜，思來想去，決定請何葉過府教她一道點心，親手給昱王做一次吃食。

當日，何葉過府的時候，昱王妃偷偷摸摸的將喜訊告訴了她，正好江出雲當日也在，何葉沒在昱王府多作停留，就將空間留給了昱王夫妻二人。

「妳今日怎麼一反常態下了廚房？」昱王有點不解。

「就在府裡待得有些悶了。」昱王妃突然生硬的轉了個話題。「你最近有沒有覺得我有點胖了？」

昱王停下腳步看了看昱王妃。「沒有，還是原來的樣子。」

昱王妃則是輕輕拉過昱王的手，摸上她的肚子。「這裡有沒有一點。」

「沒有。」昱王也不知道今日妻子為何突然一反常態。

但昱王妃一直按著昱王的手在她的腹部，饒是昱王是個遲鈍的人，也應該有所察覺。昱王想到今日他回府的時候，聽到管家向他彙報王妃今日請了太醫過府，他反應極快。「妳可是懷孕了？」

昱王妃略有點害羞的點了點頭。

昱王一個高興，箍著昱王妃的腰將她原地抱起，轉起了圈。

昱王妃輕輕驚呼了一聲，沒想到昱王會有如此舉動，輕輕的拍了一下昱王的肩。

「快放我下來，下人還看著呢！」

「怎麼沒在我一回府就告訴我？」昱王想到這樣轉圈，妻子可能會頭暈，將她放了下來。

「這不是想給你個驚喜嗎？沒想到江公子會來，這才耽擱了些時間。」昱王妃解釋。

「妳昨日不適，可是因為肚子裡的孩子。」昱王想到昱王妃昨日晚飯時的蒼白面容。

「我今日問過太醫了，太醫說沒解決的法子，適應了就好了，可能過一段時間就沒問題了。」

「那妳這段時間都要好好休息，辛苦妳了。」昱王攬過妻子的肩說道。

不過兩日，昱王妃懷孕的喜訊呈報給了皇上，皇宮裡的各類賞賜就源源不斷的送到了昱王府。

而昱王妃則被看作府中最重要的存在，無論走到何處，都前後簇擁著一群人，就連她下個樓梯都有人大呼當心，生怕她磕著碰著。

廚房也在昱王妃的飲食上下足了功夫，開始變著法子給昱王妃準備各類膳食。

只可惜，昱王妃只要一聞到葷腥類的食物就噁心不止，完全吃不下飯。

為此，太醫幾次三番前往王府為王妃看診，只是喝再多的藥，也無法調節昱王妃的不適。

昱王為此也憂心不已，看著身旁的人似乎沒有因為廚房費盡心思的補品變得面色紅潤，反倒是顯得有點消瘦。

昱王妃也知道她不吃飯，是在折騰身邊的人，更是為難廚房的廚娘，但實在沒辦法，只能多少進些清淡的食物。

這一日，廚房為了昱王妃準備了菠菜炒雞蛋、南瓜小米粥，還有一碟開胃的醬蘿蔔。

這是昱王妃自懷孕以來，第一次將飯菜吃得一乾二淨，她本人也沒想到，今天一點害喜的反應也沒有。

昱王也甚是驚喜，給了廚房十分豐厚的賞賜。

廚房眾人得了賞賜，更是想方設法讓昱王妃吃得舒心，各出奇招。

不過隨著昱王妃逐漸顯懷，沒了剛懷孕時孕吐的症狀，反倒是胃口大開。

因此，廚房裡沒能夠閒著，除了一日三餐的正餐外，時常還要給昱王妃備點心和甜品，防止昱王妃喊餓的時候，拿不出東西。

初春的傍晚，春寒料峭，昱王和昱王妃剛用過晚膳。

在兩人去往書房的路上，昱王妃念念不忘晚上那道粉蒸排骨，想著入口軟糯綿密，打算過兩天讓廚房再做一次。

「在想什麼呢？心不在焉的？」昱王看著身旁的人也不知道在琢磨些什麼，指甲還一下一下的叩著暖手爐。

昱王妃嚥了下口水。「在想粉蒸排骨，真的太好吃了。」

「粉蒸肉太油了，妳不要吃過於油膩的東西。」他覺得還是要讓廚房控制妻子懷孕期間的飲食。

「可是，我真的很想吃。」昱王妃的語氣略帶了點撒嬌口吻。

但昱王對妻子的撒嬌無動於衷，他這幾日也是聽其他朝臣的閒聊，才知道懷孕這件事格外凶險。他一聽，在回府前特地轉道太醫院，向各位太醫尋求相關建議。

太醫們誠惶誠恐的頻頻獻計，總結下來，無一例外都是需要讓昱王妃控制口腹之欲，如果整天嗜睡也不行，需要適當的活動，哪怕只是去院子裡走走也好。

昱王都將太醫的囑咐一一默記在心中。

今晚，兩人用過膳之後，下人見王妃流露出倦態，哈欠連連，都想讓王妃早點沐浴休息，只是昱王卻強行拉著王妃一起去書房。

下人們見昱王已經決定了，不敢再多言。

昱王聽了太醫院各位太醫的叮囑，希望昱王妃能夠稍微動一動，畢竟聽下人們的彙報，她似乎在府裡除了吃飯，已經睡了一整天。

「那再這樣下去，我豈不是什麼都不能吃？」昱王妃頗有不滿的抱怨道。

「不是不能吃，而是少吃一點。」昱王還是耐心的勸說身邊的人。

此時，昱王妃覺得夜晚的空氣中似乎瀰漫著一股濃郁的香氣，她轉過頭問身邊的人。「你聞到了嗎？」

昱王嗅了嗅，似乎是從廚房傳來的味道。

結果昱王妃立刻偏離原來的路徑，走向廚房的方向。「在燒什麼？好像不是晚食裡的味道。」

昱王見妻子興致高，不好拂了她的意，只能陪她往後廚走去。

後廚裡的廚娘似乎沒料到昱王和王妃會在這個時辰過來，也是一驚。「王爺、王妃。」

昱王妃對下人的反應絲毫不在意，反倒走到正在冒著熱氣的砂鍋邊。「這在煮什麼？」

「回王妃的話，這在燉鴿子湯，是準備給王爺晚上的宵夜。」廚娘據實以答，這是管事說王爺政務繁忙，經常在書房待到深夜，特地吩咐下來的。

「那乳鴿還有嗎？明天能不能做個烤乳鴿。」邊說，昱王妃邊想起烤乳鴿表皮烤得焦黃、外脆裡嫩的口感。

「這……」廚娘顯得為難，本來今晚打算燉鴿子湯也是恰巧看見小販賣的，就這麼一隻。

昱王看著他的王妃的背影，不由得按了按眉心，放輕了語氣哄道：「明天說不定妳就不想吃了，明天再說，好不好？」

昱王妃歪頭思索了片刻。「行，看明天廚房買到什麼再說吧，沒有也不能強求。」有了昱王解圍，廚娘這才鬆了一口氣。

昱王帶著昱王妃離開的時候，王妃又說了。「可是我現在真的好想吃東西，不如明天請聿懷樓的姜大廚上門，我特別想吃點辣的，府裡整天燉的那些補品都太清淡了。」

昱王其實也知道這段時間以來，因為懷孕，王妃不敢外出，但確實又饞得緊，這才答應明天去聿懷樓請人。

聿懷樓的錢掌櫃一聽，昱王府派人來請姜不凡，二話不說，立刻答應下來。

本來就是老東家，何況現在務城誰不知道，因為昱王妃懷孕的事情，整個皇宮都十分緊張，就連皇上也看在昱王妃肚子裡這個未出生的孩子面上，沒讓昱王即刻就前往封地，一切都要等昱王妃的孩子出生再議。

姜不凡來到王府，沒想到昱王殿下親自接待了他，導致姜不凡誠惶誠恐。昱王特地接待他，自是要勞煩他在菜式方面多花些功夫，既要辣菜又不能太過油膩，昱王可謂是用心良苦。

考慮到昱王妃的身體狀況，姜不凡捨棄水煮肉、毛血旺、炸子雞這些重油重鹹的菜式，決定準備辣味又口味清爽的涼拌菜。將水裡氽過的菠菜、乾絲、香菇、胡蘿蔔一同切絲，再用醬油、醋和小米椒調料拌勻，就是一道開味的涼菜。

姜不凡同時切了點從聿懷樓帶來的、用泡椒醃製的蘿蔔、豇豆和雞爪，酸辣適宜。還做了個雞絲涼麵，清爽又順口。

除此之外，姜不凡在熱菜上也是想方設法，清炒蛤蜊起鍋前放了大量的蒜頭和些許的紅辣椒，蛤蜊的鮮味上多增加了嗆辣。另外炒了麻婆豆腐和魚香肉絲，控制了整頓飯的用油量。

等到下人將姜不凡煮的菜一道一道端到昱王妃面前的時候，看到一桌子菜餚的色彩並沒有她想像中的鮮紅濃郁，不禁問下人。「你們真的把姜大廚請過來了？這看起來不像是姜大廚的風格。」

想要回話的下人，看了看坐在王妃旁的王爺，總不能在王妃面前告王爺的狀，說是王爺特地囑咐姜大廚的。

「是我親自將人帶到後廚去的。」昱王見下人為難，還是開了口，向妻子解釋道。

昱王妃一聽，心下了然，不再為難僕人，揮了揮手，讓他們下去。

昱王妃先挾了塊蘿蔔泡菜，入口爽脆酸辣，她不由得想起了那些誥命夫人們上門看望她的時候，總是說懷孕的口味，決定了肚子裡孩子是男是女。

她想著「酸兒辣女」的說法，開口問：「你說，我又愛吃辣的，又愛吃酸的，肚子裡是男孩還是女孩？若是生個女孩，母妃會不會不喜歡？」

昱王看著妻子摸著隆起的肚子，突然感懷了起來，耐心的安慰。「擔心母妃做什麼，孩子的爹娘是我們，無論是男孩還是女孩，都是府裡的寶貝。」

昱王話音剛落，身旁的人就激動的拉住了他的胳膊。「孩子好像動了，好像在踢我！」

昱王試探的摸上了妻子的肚子，感受到來自腹部輕微的震動，這時候，他才真切的感受到了肚子裡小生命的存在。

日子一天天過去，王妃臨盆的日子越來越近。

皇宮裡早早派了太醫和穩婆提前住到王府中，昱王的母妃也將挑選好的乳娘送到了王府。

夏天的日子總是難熬，更何況昱王妃的肚子裡還有一個人，就算她身邊周圍擺滿盛滿冰塊的木盆，她依舊燥熱難耐。

廚房也知道這夏日漫長，日常總是備著綠豆湯、百合湯和銀耳羹等消暑的甜羹。只是念在昱王妃的身孕，廚房呈上來給昱王妃的甜羹往往不是冰鎮過的，只是放涼的而已，就連井水裡冰過的西瓜，昱王妃也只能嚐上一小口。

這一日，廚房準備了酸梅湯，昱王妃知道後吵著一定要喝冰的，說這幾日實在是讓人熱得發昏。

昱王不在府裡，太醫和穩婆反復勸說，昱王妃都不肯放棄，就在穩婆快要和昱王妃起了爭執的時候，昱王妃突然在榻上捂住肚子，緊緊抓過身邊丫鬟的手，指甲甚至在不經意間箝進丫鬟的掌心。

「痛……肚子痛……」

好在穩婆經驗老道，知道昱王妃臨盆在即，沒有絲毫混亂，只是扳開昱王妃緊緊抓著丫鬟的手。丫鬟也根據之前穩婆吩咐過的，立刻去準備需要的布巾和熱水。

等管事派人傳訊給昱王，昱王一聽到消息，立刻扔了手中的書簡，趕到馬廄，翻身上馬，一路策馬狂奔，到了府門口，什麼都管不著，就往王妃房間跑。

只是才來到昱王妃的院子門口，就被太醫和下人攔住了。「王爺且慢，這院子裡血氣過重，王爺還是不要輕易靠近為好。」

昱王也知道這種說法，只是他看到從院子裡端出的血水，內心十分不安，絲毫聽不進太醫和下人的勸告，立刻將兩人撥到一旁，大步流星的跨了進去。

丫鬟顯然也沒想到昱王會出現在院子中，也是一嚇，但想到昱王妃的情況，還是穩住心神，躬身行禮，又立刻退了下去。

「用力！王妃，再用力！」

「啊——痛——」昱王妃聲嘶力竭的聲音從房間裡傳了出來。

「再加把勁，已經可以看見孩子的頭了。」穩婆依舊在給昱王妃鼓勁。

昱王進門的時候，就看到昱王妃額頭的碎髮被汗水打濕，一縷一縷的全部散亂在額頭邊上，他摸了摸妻子的額頭。「是我回來晚了。」

穩婆原本想要勸說昱王離開的話語全部梗在喉嚨口，昱王進門前必定也有人阻攔過，只是沒攔住，昱王才會出現在屋子裡。

昱王妃此時意識渙散，只覺得有人在她耳邊說了些什麼，手掌處傳來溫熱的感受。她這才看清了身邊的人，一直憋著的眼淚沒有忍住，但也沒能說出其他的話語，只吐出了一個「痛」字。

在穩婆的幫助下，昱王妃一個用勁，穩婆將孩子接了出來。

「哇」的一聲，孩子的啼哭聲，衝破房門，傳向院外。

「恭喜王爺和王妃，是個姑娘。」穩婆將孩子用準備好的布裹好，交給昱王。

昱王接過這個孩子的時候，彷彿是捧著易碎的珍寶，整個姿勢顯得又小心又彆扭。他抱著孩子小心翼翼的彎下身，將孩子湊到妻子面前。「看，是個女兒。」

昱王妃這才扯出一個虛弱的笑。「真好，是個女兒。」

此時思緒逐漸回籠的昱王妃看到昱王懷裡的女兒，想著往日裡話本，都寫剛出生的娃娃粉雕玉琢的，怎麼她的女兒看起來卻皺巴巴的。

昱王將女兒抱出門，交給了在院外等候多時的乳娘，乳娘接過剛剛出生的小圓團子，立刻就帶回房間。

這一路上，孩子已經又睡了過去，十分香甜。

昱王妃產女的消息傳到宮裡，又是源源不斷的賞賜。皇上本來一聽到有個小孫女，立刻就想要出宮一探究竟，只是被周圍一眾人勸著，說此時正是昱王府最為忙碌的時候，他這才放棄了貿然出宮的想法，給昱王府的下人留出了照顧昱王妃的時間。

幾日之後，昱王妃和昱王給女兒取了小名——圓圓。

番外二　圓圓的食單

日升月落，日子一天天的在流逝，昱王一家要前往封地的日子也被皇上一再延後。

而圓圓也從那個只知道睡覺吃奶的小團子，變成了整日咿咿呀呀的小蘿蔔頭。

在皇上眼裡，這寶貝孫女幾乎長得和昱王小時候一模一樣，幾乎就是個女版的小昱王，也不禁讓他懷念起幾個孩子小時候的事情。

「來，到皇爺爺這邊來。」皇上拍了拍坐著的軟榻，昱王妃才把圓圓放在榻上，圓圓就將含在嘴裡濕漉漉的手指，啪一下的往皇上的袍子上按去，嘴裡還砸吧砸吧的樣子。

看得昱王妃一陣心驚膽戰，圓圓有個惡習，喜歡將放進嘴裡沾滿口水的手往別人身上蹭，偶爾還要對著奶娘噗口水。

她覺得圓圓平時在府裡沒規矩就算了，畢竟現在跟她講大道理她也聽不懂，只希望皇上不會怪罪。

皇上自然不會跟一個話都不會說的小女娃計較，看了看衣服上的口水印，反倒是輕手輕腳的抱起圓圓。

圓圓眨巴眨巴看著眼前的人，皇上蓄起的鬍鬚正巧垂在她面前，她伸手拽了拽，眼睛還滴溜溜的打轉。

圓圓此舉看得身邊的公公也是背上一陣冷汗，覺得這個女娃也太膽大了些。

沒想到皇上反倒是和顏悅色的看著懷裡的圓圓。「圓圓，妳這是在做什麼？」

圓圓看了看手裡拽著的鬍鬚，似乎突然失去了興致，扭了扭身子，想要掙脫，嘴裡還不清不楚、黏黏糊糊的發出各種聲音。

等到昱王妃去將圓圓抱起來的時候，也不知道她聽到剛才的什麼話，突然張口對著皇上的方向，喊了聲。「椰椰。」

聽得皇上一樂，對著昱王妃懷裡的圓圓說道：「妳說什麼，再說一遍？」

圓圓一下子似乎特別興奮，一邊胡亂的拍著手，一邊連聲說著。「椰椰、也也。」

皇上看著圓圓今天穿著一身朱紅的小襖，小臉紅撲撲的，心中大喜。

昱王和昱王妃回到府中，第二日又收到了不少皇上的賞賜，有各種衣裳布料，還有市井中經常看到小孩用的撥浪鼓、竹蜻蜓等一些小玩意兒。

圓圓還小，對這些玩意兒的興趣持續不了很長時間，只是拿過來抓在手裡，過一會兒就又扔掉。

不過昱王妃發現，儘管圓圓對這些玩意兒的興趣並不長久，但卻有個惡習，就是把所有的東西抓來就往嘴裡塞。

為此，昱王妃特地叮囑奶娘，讓她多看著些圓圓，無論是小玩意兒還是吃食都要看緊。

圓圓這麼小，萬一吃到什麼東西，噎著嗆著可如何是好？若是出了事，再請太醫來可能都晚了。

圓圓周歲的時候，府裡特地大辦了一場宴席，為圓圓慶生。

圓圓從小就是個眼珠子滴溜溜轉、調皮搗蛋的主，昱王和昱王妃擔心抓周會在眾官員面前出了岔子，只在府裡的書房私下進行。

當日書房的書桌上，特地將許多東西都清空，只留下府裡準備好的小物件。

昱王當時抱著圓圓上桌的時候，圓圓一副好奇的樣子，為了防止她從書桌上摔下來，昱王站在她身後護著。

他就看到圓圓肉乎乎的小手臂，朝這支毛筆摸一下，朝那個硯臺碰一下，再戳一戳桌上放著的印臺，就是什麼都不往手裡抓，看得他一陣頭痛，不知道該如何收場。

結果圓圓什麼都不抓，只是指著書桌旁邊另一張茶几上放著的糕點。

乳娘見狀，只能將那碟子聿懷樓新出的蛋捲給拿過來，剛放到桌子上，圓圓就抓起一個蛋捲，放進嘴裡咬一口。

最終，這場抓周以鬧劇的形式收場。

昱王進宮的時候，被皇上問起了圓圓抓周這件事，昱王難得在皇上面前略顯侷促的回答了真相。

皇上聽聞卻撫掌大笑。「我這個孫女還真是與眾不同。」

皇上想起昱王小時候抓周，也沒抓印章這類的東西，反倒是抓了個勺子。沒想到，到後來還真開了家經營得有聲有色的酒樓。

皇上沒將圓圓抓周這件事正兒八經的放在心上，反過來安慰兒子，讓他不要太過在意，不過是給小孩子的遊戲。

昱王也只能連聲應下。

也就是這年，皇上終於決定讓圓圓和她爹娘前往封地運城，雖然多有不捨，但當初的金口玉言現在也再難收回。雖然皇上不是沒想過將圓圓留在皇宮中，但母女分離，對昱王妃太過殘忍。

皇上盤算讓昱王去封地露個面，之後再有事沒事找藉口將這一家子召回來看看便是。

隨著日子一天天的消磨，柳樹又抽出了新芽，圓圓長到了五歲，從原來滿床亂爬的小奶娃，變成了滿地亂竄的小姑娘。

這日，昱王一行剛從務城離開，返回運城。

圓圓年紀小，對坐馬車一開始還充滿好奇，在馬車裡東張西望。東瞅瞅西摸摸，只是這興致來得快，去得也快，一會兒便覺得無趣，反而覺得外面侍衛騎的高頭大馬格外有趣，趴在窗戶邊不停朝外面張望。

「在看什麼？」昱王妃看了會兒最新的話本子，也被顛簸得有些頭暈，抬眼就見圓圓對著外面看得起勁。

「看大馬！娘，我也想騎大馬！」在圓圓眼裡，那紅棕色的高頭大馬就是高不可攀的存在，讓她心生羨慕。

「妳還太小，不可以騎馬。」昱王妃好言相勸，從馬車的抽屜裡拿出了一碟早已準備好的點心。「來，吃點點心。」

圓圓是個小機靈鬼，她知道娘親這個時候拿點心給她吃，就是不想再繼續這個話題，她看了一眼娘親手裡的核桃酥，悄悄嚥了下口水，但還是忍住了。

「爹，娘說的是真的嗎？我還太小，不能騎馬。可是我真的很想嘗試一下！」圓圓將目標轉到正在看書的昱王身上。

昱王抬頭看了看這個無法無天的小鬼。「妳娘說得沒錯。」

圓圓這才有點偃旗息鼓，在王府中家裡人都順著她，想要什麼都有什麼，她就只怕她爹，看到總有點發怵。

她也知道爹跟娘說起話來，總是輕聲細語，但只要她黏著娘撒嬌不停，她爹就會出來把她拎到一邊去，讓她不要再來煩娘。

見她爹也不再理睬她，她對外面的大馬也失去了興趣，想著等長大總歸還是有機會的。

馬車就這麼點地方，圓圓對外面的景色也有了點厭倦，吃了核桃酥，稀稀拉拉的弄了一衣服的碎屑，昱王妃耐心的幫她全部弄乾淨。

圓圓見娘親似乎心情挺好，她就開始纏著娘給她講故事，她偶爾也會聽奶娘說，娘經常看話本，而且還會寫話本。

所以，圓圓經常纏著她娘給她講那些江湖俠客行俠仗義的故事，還有那些娘自己編的小貓小狗的故事。

那個時候，圓圓幼小的內心，幻想著以後一定要和故事裡的主人翁一樣，過著豐富多彩的人生。

只是圓圓還沒來得及暢想未來的生活，就在馬車的顛簸和娘親輕聲細語的話聲中，昏昏沈沈的趴在娘親的膝蓋上睡著了。

昱王見狀，從空隙處抽出一條小錦被，輕輕的給圓圓蓋上。馬車只能聽到她輕微而又綿長的呼吸聲。

等圓圓再醒過來的時候，發現她已經從馬車到了床上，她迫不及待的起身下床，穿上鞋，跑到迴廊上。

務城和運城兩個家最大的差別，就是這邊有一個小湖泊，湖泊裡還有無數的小魚，還有小橋可以讓她來回跑來跑去。

圓圓一邊跑，就聽到乳娘在她身後不停的呼喊。「小姐，您跑慢一點，千萬跑慢一點，可別掉湖裡去了。」

乳娘還沒來得及追上圓圓，圓圓已站在湖邊堆砌裝飾的石頭上張望，不料腳下一滑，就聽到不大不小的「撲通」一聲，圓圓掉了下去。

好在乳娘會水性，見狀立刻跳下去，將圓圓撈了起來。

圓圓站在湖邊的時候，還在想她絕對不可能會掉下去，結果轉頭就和冰冷的湖面有了親密接觸。

平時在王府野慣了的她，絲毫沒有意識到危險，直到在水裡開始撲騰的時候，才真正有了害怕的感覺。

乳娘將她托舉到岸邊，她才感覺呼吸變得通暢了起來。

見圓圓渾身濕漉漉的坐在岸邊，只是人有點呆滯，乳娘這才長吁了一口氣，還好沒出其他的意外。

其他路過的下人一見平時府裡的小霸王圓圓坐在岸邊，衣服因為被水浸泡過而緊緊的貼在身上，髮梢還在不停的滴著水珠，嚇得六神無主，趕緊招呼人，去請大夫和王爺、王妃。

等到昱王和王妃一起趕到圓圓臥房的時候，圓圓已經換上乾淨衣服，被嚇得還沒有回過神來。

下人也知道如今春寒料峭，在房間裡破例燃了炭盆給圓圓取暖。

大夫見王爺和王妃來了，告知圓圓並無大礙，但許是受了驚嚇，仍要好生休養，這幾日就不宜再出門閒逛，又給圓圓開了些不傷身的安神藥。

太醫一走，乳娘立刻跪在地上告饒，承認圓圓不慎滑落湖中是她的過錯。

「那便自己下去領罰。」昱王淡淡的說，一時也讓人看不清喜怒。

等到乳娘走後，一直看起來很冷靜的圓圓，突然撲進昱王妃懷裡放聲大哭。

看起來還沒桌子一半高的小人，哭起來的動靜卻特別大。昱王妃輕輕拍著圓圓安慰她。

圓圓沒一會兒就哭累了，將眼淚鼻涕蹭了昱王妃一身，圓圓抬頭看了一眼自己的娘親，小聲喊了聲。「娘。」

見昱王妃沒有回答，圓圓心裡犯怵，她以前從未見過娘親神色如此嚴肅，再看看爹的表情，似乎比平時看她玩鬧而生氣的時候，更加嚇人。

「妳有什麼要說的嗎？」昱王妃看著懷裡嚇得還在打哭嗝的女兒問道。

「我錯了。」圓圓也知道今日的事情是她過分了，在馬車上，爹娘就和她說過，讓她乖乖聽乳娘的話，不要到處亂跑，她當時滿口應下，但實際並沒有放在心上。

「錯哪兒了？」一旁神色冷冽的昱王接話。

「不敢不聽乳娘的話……」圓圓輕聲囁嚅，她想到明明是乳娘反應快，把她從湖裡救了上來，可是因為她落水的事情，乳娘也要受到責罰，她的心裡就有些許的愧疚。

「還有嗎？」昱王妃覺得若不讓圓圓認清這次事情的重要性，不知道無法無天的她還會闖出什麼禍來，口氣也嚴肅了幾分。

「還有答應了爹娘不應該亂跑，但我沒有聽話。」圓圓很快的反應過來爹娘生氣的原因，想起他們以前的教訓，也知道面對錯誤要勇於承認。

「那這幾日妳就在房間裡好好休息，這陣子都不要出去亂跑。等大夫說妳徹底沒問題了，妳就在屋裡讀經書。」昱王直接變相給圓圓下了禁足令。

圓圓嘴巴嘟了嘟，對昱王給她的懲罰微微有點不滿，但想到這次她確實做得不對，這才沒敢說什麼。

昱王見女兒並沒有什麼大礙，就先行離開，去處理各項事務。

房間裡只留下了昱王妃和圓圓，圓圓覺得娘今天似乎格外生氣，也不敢開口，只能輕輕的去扯娘的衣角。

昱王妃瞥了一眼圓圓，看到女兒哭得通紅的眼睛，也硬不下心來繼續生氣，多少有點於心不忍。

「別哭了。」昱王妃拿手帕輕輕給圓圓擦了擦眼淚。

「娘，我真的知道錯了，以後再也不甩了乳娘亂跑了。」圓圓緊緊拽著她的衣角，生怕娘因為生氣而不理睬她。

昱王妃輕輕揉了揉圓圓的頭頂。「妳知道就好，妳爹也不是故意要罰妳，只不過是讓妳長點記性。」

說完，昱王妃就將剛才廚房熬的紅糖薑茶端給圓圓。

圓圓一聞到生薑的味道，眉頭就皺了起來，下意識想要將娘親手裡的碗推遠一點，但是見娘臉色微沈，知道薑茶是用來袪寒的，也不敢再造次。

昱王妃拿起勺子將薑茶微微吹涼，遞到圓圓唇邊，圓圓張嘴吞了下去。

紅糖的甜味和薑絲的一絲辛辣在口中瀰漫開來，圓圓倒也覺得沒有特別難喝，從娘親手中接過了整個碗，吹涼了，咕嘟咕嘟的全部喝了下去。

她長吁了一口氣，感覺這薑茶的熱氣開始在全身遊走，這可比剛才裹在被子裡的那種表層的暖意舒服多了。

那天乳娘回來之後，圓圓一眼就看出了乳娘站立不安的樣子，想來大概是領罰，挨了板子。

圓圓心裡愧疚了好幾天，因此這兩天天天都老老實實的待在房間裡，看著窗外的海棠露出花苞。

不過圓圓依舊是個不安分的性子，抄經書的時間，拿著毛筆在宣紙上寫出來的字堪比鬼畫符。

昱王那日前來看到圓圓的字跡，也只能以圓圓還小、還貪玩為藉口，決定暫時放她一馬，但還是打算讓王妃早日將給圓圓練習簪花小楷的事情提上來。

比起抄經，圓圓更愛在宣紙上塗塗畫畫，一會兒畫個圓，跟乳娘說這是天上的月亮，一會兒畫個方塊，說這是家裡住的房子。

乳娘只能順著圓圓的意思，誇獎圓圓畫得真好。

昱王和昱王妃也在驚訝女兒這幾日竟然如此安靜，被拘在屋子裡，既沒哭也沒鬧，除了抄經的時候總是亂寫一氣。

昱王妃也想，每日去看圓圓的時候，也沒看出小姑娘是否在鬧脾氣，圓圓一下子安靜下來，他們二人反倒是有些不習慣。

還沒等他們去找圓圓，圓圓卻率先跑到了他們二人面前。

「爹、娘。」圓圓脆生生的聲音在書房響了起來。

「圓圓跑書房來了。」

昱王妃一叫圓圓，圓圓立刻就撲過去，一雙水汪汪的大眼睛，專注的看著娘親。順便再扒住娘親的大腿，立刻開始往上爬，爬到娘親懷裡，聞到好聞的熟悉氣味，使勁嗅了嗅。

「小淘氣。」昱王妃寵溺的說了一句。

「怎麼了？都跑到書房來了，這幾日的經書可帶來了？」

昱王一出聲，圓圓立刻將腦袋往娘親懷裡縮了縮。

乳娘將這幾日圓圓在房裡抄的經書統一交給了昱王，昱王也只是象徵下的翻了下內容，雖然字歪歪扭扭，不忍細細辨別，勉強能看出圓圓還是認真的抄了兩篇經書，只是在有的經書旁邊還畫著小兔子、小貓咪之類的小動物，看得昱王額角抽了抽。

「爹，我都抄完了，可以不用禁足了吧？」圓圓覺得她爹的神色算不上好看，試探的問了問。

「還行。」

一聽還行，圓圓就知道出去玩的事情若再好好說說，十有八九是有著落了。畢竟圓圓也很少從她爹嘴裡聽到誇人的話，她一般都把還行，自動轉變成「很好」的意思。

「那我這幾日可以玩了嗎？」圓圓這幾日看到外面海棠邊已經有蝴蝶在圍著飛了，她想去抓蝴蝶，還有去亭子裡餵魚。

昱王點了點頭，圓圓頓時就要從昱王妃懷裡扭出來，跑出去撒歡。想起她最重要的事情還沒有提，又扭回昱王妃的懷裡。

「娘……」圓圓特地拖長了音。「那個……就是……」

「有話直說，誰教妳說話吞吞吐吐的？」昱王在一旁打斷還在扭捏醞釀的圓圓。

「就是，爹娘能不能帶我出去玩？」圓圓在她爹的威壓下，飛快的吐出了這句話，然後安安靜靜的等著兩人的答覆。

昱王和昱王妃在空中相互對視了一眼，發現他們二人一回到運城，也是有點忽視了圓圓。

「那圓圓有想去的地方嗎？」昱王妃溫柔的問道。

「去吃好吃的！」圓圓大聲的說道，她想起之前在務城的時候，除了點心坊的糕點，還有聿懷樓偶爾出的點心都很好吃，可是來了這裡卻什麼好吃的糖和點心都沒有。

昱王聽到回答也不由失笑。「好，那我們帶圓圓去吃好吃的。」

聽到她爹的回答，她的眼睛一瞬間亮了起來，原來對她爹的那一些些小記恨也差不多消失殆盡了。

過了兩日，乳娘還沒叫圓圓起床，圓圓就自覺的醒了。將鵝黃色的小襖穿在身上，更顯得圓圓整個人是雪白粉嫩，連乳娘也一時忘了主僕的身分，伸手揉了一把圓圓的臉蛋。

圓圓捏了捏她的臉，發現最近她也沒亂吃東西，不知道怎麼似乎就有點胖了，就連娘也這麼說她。不過，這依舊抵擋不了她今日要出去吃東西的決心。

還沒等昱王和昱王妃到圓圓的小院子中，圓圓就已經在小院子的門口等著他們，一見他們出現，立刻一手牽一個，拉著他們兩人往外走去。

「爹，我們今天去吃什麼？我能買糖嗎？還有上次娘說不能吃糖葫蘆，我這次能吃嗎？」一直到門口的馬車上，圓圓都在喋喋不休的說著各種各樣的吃食。

自從爹娘答應她今日能夠出門之後，她已經想了好幾日了，以前聿懷樓的姜叔叔來府裡燒菜的時候，總會燒一些紅彤彤的菜，但是那個爹娘也不讓她吃，說她還小。

她不服，趁爹娘不注意偷偷嚐了一口，結果猛喝了幾杯茶，才消去了那奇怪的感受，但又覺得有些刺激，也不知道這裡有沒有姜叔叔那種菜，又或者是這裡有其他的特色菜。

昱王和昱王妃看著圓圓眼珠滴溜溜的轉，一邊思考，一邊嘴饞的樣子，不由得露出笑意。

馬車沒到一刻鐘，就停在了一家小食肆的後巷。

圓圓下馬車的時候，還有片刻的失望，想著怎麼不是聿懷樓那種大酒樓。

這裡看起來只是一家不起眼的小飯館，但見她爹已經抬腳邁了進去，她想要詢問的話語到嘴邊又嚥了回去。

她仔細打量了一下這家食肆，想來她爹能把她帶到這裡，這裡必然有過人之處。就像娘一直說的不能以貌取人，這家小店想來也是如此，不可只因店鋪大小就來判斷味道。

落坐的時候，圓圓發現這裡的座椅全都是長條板凳，都不是有椅背的椅子。

「貴客三位是吧？」小二一看昱王和昱王妃外加圓圓三人看起來都衣著不凡，殷勤的招待他們入桌。「幾位貴客看著眼生，想來是從未來過我們店裡，需要給幾位介紹一下嗎？」

此時，圓圓轉著眼珠子還在四處打量，發現周圍還有不少像他們一家三口一起來吃飯的，也有路過此地的商人。但是她看了一圈，都沒看到食單。

她記得在聿懷樓的時候，菜餚名稱會刻在小木板上，掛在掌櫃算帳的檯子後面，這裡掌櫃背後的牆面卻空空蕩蕩。

「你們這裡有食單嗎？」圓圓還沒等小二提出問題，先問出了她最關心的事情，她向來是有問題也不會藏著掖著。

小二沒想到先問食單的是這位小小姐，但還是立刻回答道：「回這位小小姐的話，我們這裡沒有固定的食單，都是根據今日去市集採買的食材來決定的。」

圓圓將小二的話想了想。「可是你們這兒沒有食單，要是今天的菜客人都不喜歡怎麼辦？」

小二顯然是一愣，一般來的客人從來都不會問這種問題，就算對當日的食材有不喜的，也會湊合點上兩個菜，總不會拂袖而去。

「小小姐不妨聽聽我們今日後廚定的食單再決定。」小二明顯是想將這個問題給糊弄過去。

圓圓依舊不依不饒。「叔叔，你還沒回答我問題。」

小二見這小孩身旁的大人並不阻止她發問，也是略感尷尬。「這……我們還沒有遇過這個問題。」

圓圓雖然沒得到滿意的答案，但小二也算是回答了她的問題，她就不再繼續追問。

「我來給幾位說一下，今日後廚準備的食單，有小雞燉蘑菇、栗子紅燒肉、香煎帶魚或者清蒸帶魚、肉沫燉蛋，還有些青菜和豆腐，不知幾位意下如何？」小二一口氣將今日後廚準備好的食單給報了出來。

昱王妃看了看之前吵著要出門吃飯的圓圓。「圓圓有什麼想吃的嗎？」

「要吃肉！」圓圓覺得魚有骨頭吃起來麻煩，青菜、豆腐一類的則是寡淡無味，最能吸引她的唯有肉了。

「那就來個栗子紅燒肉，其他請後廚看著辦就行。」昱王最終拍板決定。

小二見這個客官也還算爽快，鬆了口氣。「好嘞，那客官您稍等，菜馬上就上。」

等到那小二離開，昱王妃也好奇的問昱王。「怎麼找到這家店的？看起來小小一家店面，卻是能做大魚大肉的。」

「那天聽縣衙裡那些文吏閒聊的時候說起的，好幾個都說這裡味道不錯，就記住了。待會兒試試味道。」

昱王想起當時聽到幾位文吏閒聊時，他還上前特地探聽一番，幾位文吏見到他立刻畢恭畢敬的說不敢推薦，覺得昱王身為王爺豈能去到街邊小店，推薦了運城最大的酒樓金峰樓，但在昱王的再三堅持下，才跟他詳細說了這家特色小店。

圓圓對她爹究竟是如何發現這間店鋪，也沒有特別的好奇，她關心的只有這家店的味道究竟好不好吃。

她一邊晃悠著她的小短腿，一邊翹首以盼，看著小二從後廚端著托盤，在通向後廚的那扇門來來回回的走進走出。

每次小二一出來，她總要探頭看一下托盤的菜是不是他們這桌的，如果不是，則失望的將腦袋縮了回去，如果是，則會滿心期盼那盆菜趕緊出現在他們的桌子上。

偶爾小二朝他們這張桌子的方向走來，但腳下一拐彎，菜就到了別人的桌上。

圓圓只有扁了扁嘴，繼續耐心等待，畢竟這家店客人很多，許多客人都來得比他們早。

旁邊的桌子，在小二來回的傳遞中已經上齊了。由於他們桌的菜還不知道什麼時候會上來，圓圓對隔壁桌的菜餚格外好奇。

「娘，她們那吃的是什麼？」圓圓看著對面桌子上的餅問道，她看旁邊的人吃這個餅吃得格外的香。

昱王妃看了一下隔壁桌黃澄澄的餅。「娘也不清楚，不如等剛才報食單那個叔叔來了，妳問問他。」

圓圓立刻點頭，乖巧的等著小二來上菜。

「各位客官久等了，這就來了。」小二邊說邊將托盤放在桌角上，將一道道菜放到桌面上，還認真的一一介紹。

首先是一道紅白相間的涼拌菜出現在他們面前，小碗裡面盛放白色的菌菇、微黃的筍片還有一些圓圓不認識的綠葉菜，點綴著許多枸杞，紅綠相間，煞是好看，聞著香氣，應該是用香油涼拌。

「這是我們這兒有名的拌三脆，筍、菌菇、香芹的口感都爽脆，這道菜的特色就是枸杞的甜味和筍的鮮味恰到好處融合在一起了。」小二認真的為他們介紹。

圓圓看到第一道上來的既是涼菜，又是她不愛吃的素菜，心裡記掛著隔壁那桌的餅。「叔叔，隔壁那桌的那個餅是什麼？」

隔壁那桌的客人聽到有小孩奶聲奶氣的出言詢問，不由得朝圓圓看了一眼，隨即露出了善意的笑容。

「那個啊，那個是通神餅。」小二見客人回過頭來，也立刻作答。

「通神餅和普通的餅有什麼區別嗎？」圓圓對那個餅好奇得不行。

「這普通的餅一般都放蔥，我們這通神餅裡面放薑絲，另外最重要的是一味甘草，這甘草可以增加麵粉本身的甜味，甜味就蓋過了那薑絲的辣味。」小二一五一十的向圓圓細細講解。

剛才聽到有薑絲的時候，圓圓的眉頭瞬間就皺成一團，她立刻想到前幾日喝的紅糖薑茶，瞬間將通神餅和紅糖薑茶都歸到「有薑難吃」這一類。但聽到後面，發現還有甘草，心裡瞬間就猶豫起來，看別人吃得津津有味，她也動了一絲絲想要嘗試的念頭。

「我們這通神餅也不常做，正逢前幾日在市集上買了甘草，幾位客官可要試試？」

「我們從未聽說過這通神餅的名字，麻煩小二通傳一聲，也讓我們嚐嚐味道。」昱王妃心想既然有這個機會，不妨嘗試一下。

「好嘞，還請客官再等一下。」小二爽快的應下。

這次小二退下之後，圓圓沒再等很長時間，小二又從後廚端著菜回到他們桌邊，不一會兒，整張桌面放滿了各式菜餚。

兩道冷菜、兩道熱菜，外加一份通神餅，放滿了一桌。

見菜餚全部上桌，昱王妃才將圓圓抱到懷裡，讓圓圓能夠看清桌面上的菜餚。坐在一旁的乳娘見狀想要過來，卻被昱王給打發回了原桌。

通神餅一上桌，圓圓伸手要去抓，卻被昱王妃攔住。

圓圓似有不解的看了一眼她娘親，不理解為何娘要阻止她，她此時再看看眼前的筷子，也知道娘想要讓她用筷子，但是之前幾次，乳娘教她用筷子吃飯，筷子不是不慎滑落，就是會戳到她臉上。

她看看筷子，臉上露出略微抗拒的神色，但看看面前的通神餅，再看看面前的竹筷，還是屈服於美食的誘惑。

圓圓拿起了筷子，費勁的想要去挾起那通神餅，但每次挾到餅邊，餅就不小心的從她的筷子上滑落回盆子裡。她嘗試了好幾次，結果都以失敗而告終。

圓圓不符合年紀的嘆了口氣，只是下一刻，就見面前碗裡落下了塊通神餅。

「今天就算了，筷子等回去再好好練練。」昱王開口替圓圓說道。

圓圓抬頭覷了娘一眼，見娘點了點頭，她立刻放下筷子，歡天喜地的去抓碗裡的通神餅。結果，一上手才發現這餅也是新鮮出爐的，她覺得燙手，只能重新拿起筷子，一邊提溜著餅邊，一邊用筷子將餅挾起來，她發現這餅在盆裡看著不大，等她將餅拎起來，這餅似乎比她的臉還大。

圓圓上嘴咬了一口，心中猜想這通神餅許是油炸的，不是烘烤出來的，餅的表皮還浮著油光，嚐起來略帶焦香的口感。

不過這個餅的味道也確如那小二所言，並沒有薑絲的辛辣，更多的是甘草那若有若無的清甜味道。

這一頓飯，圓圓吃得格外安分，也沒有之前吵著不吃蔬菜的狀況，昱王和昱王妃給她挾到碗裡的東西她都吃得一乾二淨。

她也是第一次發現，原來有些蔬菜也很好吃，畢竟她一直覺得綠色的菜，尤其是青菜都是苦苦的，乳娘總是要逼她吃。

等到飯後，小二還給他們上了一些糖山楂，說是用來解膩。

這糖山楂應該是從蜜餞鋪子裡買來的，山楂的核已經都被取出了，山楂外面裹著一層薄薄的金黃色糖漿硬殼。

圓圓覺得往常見到的山楂都是被白糖包裹的，但這裡的山楂卻更像是糖葫蘆，不自覺的就多吃了幾個。

昱王去掌櫃處結了兩桌的飯錢，在他們離開的時候，就聽到身後的小二傳來的吆喝聲。「客官慢走，下次再來啊！」

上了馬車後，圓圓一臉真摯的問爹、娘。「爹，剛才那個叔叔說讓我們下次再去，我們還有機會嗎？」

昱王妃笑得一臉和藹的摸了摸圓圓的頭。「怎麼會沒機會呢？」

「可是我之前聽府裡的下人說，我們沒多久就要回務城，是不是真的？這頓飯是不是什麼餞別飯？」圓圓歪著頭，將心中的疑惑都問了出來。

昱王和昱王妃一聽，哭笑不得，也真是難為圓圓將這件事情憋在心裡這麼久，這才問出口。

「那圓圓想回務城，還是想留在這裡？」昱王妃並沒有直面回答圓圓的問題。

圓圓認真的思索了一番。「我覺得兩個地方都挺好的，不過務城裡就多了皇爺爺和皇奶奶。反正爹娘在哪兒，圓圓在哪兒。」

昱王夫婦也沒想到圓圓的小嘴會這麼甜，昱王妃寵溺的刮了下圓圓的鼻子。「我們圓圓可真會說話，不過我們以後的日子主要還是在這裡住，下次還有機會來吃飯的。」

「真的嗎？太好啦！」圓圓立刻拍起手，一臉的高興。

只是昱王也及時給圓圓澆了盆冷水。「下次還能不能出來吃飯，還是要看妳表現。」

一聽這句話，圓圓也沒有表現出失望，反倒更加開心。「那我之後一定好好表現，不讓爹娘操心。」

昱王妃摸了摸圓圓的頭髮，幾人就朝著蜜餞鋪子過去，又給圓圓買了些糖金桔和陳皮一類的零嘴，這才回了府。

圓圓就這樣不知不覺在運城長大，只在每年過年的時候，才會返回務城見一見皇爺爺和皇祖母。

在務城的時候她也閒不住，總是流連於大街小巷，希望將務城的風光盡收眼底，只不過好歹是都城，她還略微有些收斂，一回到運城就原形畢露。

這些年裡，她基本上跑遍運城的每條大街小巷，發現美食不只存在於裝修豪華的酒樓，路邊攤也有獨特的風味。

慢慢的，圓圓對運城的美食如數家珍，不再是往日裡昱王帶著王妃和圓圓去吃飯，現在反過來，是圓圓找到地方，帶著爹和娘去吃飯。

雖然昱玉和昱王妃難免覺得她一個女孩子家整日都在外面亂跑，多少有點失了規矩，但又覺得圓圓這份開朗和灑脫的性子，在皇家彌足珍貴，只能在她身邊多派護衛看守。

這些年來沒能讓她收住心，反倒是圓圓膽子越來越大，偶爾還會出了運城的地界。

昱王見圓圓如此喜歡美食，也曾打算在運城重開一家酒樓，交給圓圓打理，只不過圓圓一聽她爹的提議，立刻從各方面的利弊分析開酒樓的得失，昱王只能無奈打消了這一想法。

其實，圓圓也在內心盤算，是不是能到各地去看看，嚐遍業朝美食。

在這段時間裡，圓圓開始記錄了每日見過的食單、吃過的食物，打算編撰成冊，以備參考。

在冊子的第一頁，圓圓寫下了八個字——山河遠闊，食味人間。

——全書完

2020年11月出版

懦弱繼母養兒記

文創風 896～898

穿越就算了，為何穿成故事中男主角及頭號反派的繼母?!
她既要教養三個兒子，還要應付便宜夫君；這日子也太熱鬧了……

發家致富搞建設 夫君兒子全收服／雲朵泡芙

一朝穿成北安王的續絃王妃，還是三個兒子的繼母，
這下可好，閉上眼她是久病纏身的單身女，睜開眼是老公、兒子都有了！
但剛進入新身分，馬上又有人想謀害她，接著離家的便宜夫君同時回府，
她不但要清理王府後院，還要不露馬腳地繼續扮演軟弱王妃，
更得臨機應變地活用《西遊記》當作教養兒子們的教材，她都快要精分了！
而且久不親近的王爺，如今卻總跟著她不放，難道是自己哪裡露了馬腳?!

2020年10月出版

歪打正緣

文創風 893～895

她家相公看起來肩不能挑、手不能提的，還三天兩頭就生病臥床，
可抵不過他有張俊美好看的臉，而且又博學多聞、親切有禮，
就算擺著當飾品，她天天看著也覺得賞心悅目、開心舒坦啊，
但不知是不是她多心了，總覺得他彷佛瞞著她不少事，
而且，他似乎沒她想像中的文弱呢，這男人，該不會是扮豬吃老虎吧?!

良緣天賜　歪打正著／畫淺眉

因為皇帝表舅的一道口諭，馮纓千里迢迢地從戰事不斷的邊陲小鎮河西返京，
不就是嫁人嘛，沒事，她連穿書這麼大的事都能接受了，成親有何難？
之所以拖成現如今二十有五的大齡姑娘，不過是一直沒遇到合適的人罷了，
可她那二十年來都對她不聞不問的親爹竟已幫她找好了對象——
魏韞，簪纓世家魏家的長房長孫，人稱長公子，是太子好友兼皇帝跟前大紅人，
簡單來說，這男人不僅身家好，前途更好，長得又極好看，是最佳夫婿人選，
如此各方面條件都絕佳的男子，卻年近而立都未娶妻，身邊連個通房也無？
原來他體弱多病，連太醫都掛保證，說他的病對壽數有損，
這般病秧子，她親爹竟要她嫁去沖喜，到底是有多討厭她這個女兒啊？
不過轉念一想，嫁他倒也不是不行，畢竟她與長公子投緣，且她是顏控，
可偏偏有人不想讓她好過，婚後她才發覺，這魏府裡亂七八糟的事一堆，
最令她震驚加惱怒的，是一個偶然發現的秘密——
原來魏韞不是底子差，而是長年被府中人下毒，並且下手的還不只一人！
哼，這一個個的，看來是太平日子過久了，都忘了她馮纓是什麼人了吧？
想動她的男人？那也得先問問她肯不肯當寡婦！

2020年10月出版

佳窈送上門

文創風 890～892

這麼一個冷面清俊的郎君，
吃起辣來嘴唇嫣紅、多了些人氣，
配著這美景，她能再多吃一碗飯～～

字句料理酸甜苦辣，
終成一道幸福佳餚／春水煎茶

能吃就是福，可姜舒窈的娘卻非得把她餓成窈窕淑女，
偏偏她不是塊君子好逑的料，反而得尋死逼人娶自己，
這一上吊可好，原主的黑鍋，全得由她這個「外來客」背了。
幸虧她什麼沒有，就是心大，新婚見著夫君──謝珣，
那張謫仙面容和翩翩君子風範，讓她很是滿意。
他不是自願娶她，定然不肯與她親近，但也不會苛待她。
果然，婚後她沒人管束，成日在小廚房內鑽營美食，
玉子燒、麻辣鍋、蛋糕……香氣四溢，
不但小姪子們被勾來，偶爾還能吸引美男夫君陪吃，可逍遙了！
好景不常，也不知怎的，老夫人想給她立規矩了……
晨昏定省能回去補眠，可抄經書是怎麼回事？她不會寫毛筆字呀！
正當她咬著毛筆桿苦惱時，有了飯友情誼的他說道：
「母親只是想磨妳的性子，與其趕工，倒不如白日多表現。」
這話的意思……是讓她耍心機，賣乖抱大腿？
咦？總是板著一張冷臉的夫君，也沒想像中古板嘛！

2020年10月出版

娘子不給吃豆腐

文創風 887～889

家長里短，幸福雋永／秋水痕

爽朗果決的賣油娘，
遇見勤快機靈的豆腐郎，
打磨樸實幸福的日常……

天生神力卻要裝成弱不禁風是一種怎樣的體驗？
韓梅香扮嬌滴滴的小家碧玉，憋了十多年。
大概是上輩子燒好香，出生在有田有油坊的好人家，
父母怕一身力氣的她被街坊說閒話，更擔心未來婆家嫌棄，
叮嚀她躲在深閨讀書繡花，幫著操持家務就好。
爹疼娘愛的梅香，無憂無慮的過日子，等著出嫁。
怎知爹爹意外亡故，留下孤兒寡母，和惹人覬覦的家產，
娘親天天以淚洗面，弟弟妹妹又尚年幼，
為了家人，梅香挺身而出，逼退覬覦她家產的惡親戚，
種田種地又榨油，天天扛菜扛油上集市賣，
一掃過去嬌氣形象，儼然成了家中頂梁柱。
因故退親後，梅香過得自在舒心，對於婚事更是一點都不著急。
直到大黃灣的豆腐郎黃茂林老在她跟前獻殷勤……
明明他才是賣豆腐的，梅香怎麼覺得被吃豆腐的人是自己啊？

2020年9月出版

吃貨出頭天

文創風 880～881

好心的鄰居怕她日子沒法過，推薦了個殷實的男人，建議她快快嫁了，
可她不要啊，人生地不熟的，又不是挑菜買肉，她做不來盲婚啞嫁，
不料她這麼個智慧與美貌兼具之人，最後還偏就看上他那個呆頭鵝！
雖說感情這事本就毫無道理可言，她也不期待他這人對她說啥甜言蜜語，
不過連成親一事都要她主動明示是怎樣？他是擺明了要氣死她嗎？嘖！

此心安處　便是吾鄉／蘭果

砰的一聲，身為白富美的她在空難中香消玉殞，
然後眼一睜，她就成了跟爹返鄉祭祖卻意外翻船同赴黃泉的蕭月，
由於爹死後不久娘便改嫁了，於是蕭家就剩她孤伶伶一個人，
好吧，起碼上天沒安排什麼拖油瓶讓她養育，她是一人飽全家飽，
自古民以食為天，正好她唯一的愛好就是美食，還練就一手好廚藝，
如今若是要擺個小攤子賣吃食，月牙兒還是很有幾分底氣的，
不過是想法子掙錢餵飽自己嘛，她有手有腳的，難道還會餓死不成？
她不敢說自己是個美食家，然而當一名有生意頭腦的小吃貨還是很夠格的，
靠著多年累積下來的實力，所販售的各式糕點那真是人見人愛，
再加上採用饑餓行銷手法，看得到卻吃不到、甚至吃不夠，得有多饞人？
但是她並不滿足於此，攢了點錢後，她找了金主投資，開了間店鋪，
店裡不單單賣糕點也賣小吃，每日門庭若市，財源滾滾來，
接下來她又是買房、又是炒地皮，還找了高官護著，事業更是蒸蒸日上，
可她也曉得一官還有一官高，若能得皇城裡那位天下最大的官護著豈不更好？
所以呀，她的雄心可大了，最終還得把店開進京、出人頭地才行啊！

風 文創 913

廚娘的美味人生 下

國家圖書館出版品預行編目資料

廚娘的美味人生 / 梅南衫著. --
初版. -- 臺北市 : 狗屋出版社有限公司, 2020.12
冊 ; 公分. --（文創風）
ISBN 978-986-509-170-5（下冊 : 平裝）. --

857.7　　109017281

著作者	梅南衫
編輯	黃暄尹
校對	黃亭蓁
發行所	狗屋出版社有限公司
地址	台北市104中山區龍江路71巷15號1樓
電話	02-2776-5889～0
發行字號	局版台業字845號
法律顧問	蕭雄淋律師
總經銷	知遠文化事業有限公司
電話	02-2664-8800
初版	2020年12月
國際書碼	ISBN-13　978-986-509-170-5

本著作物由北京晉江原創網絡科技有限公司授權出版

定價260元

狗屋劃撥帳號：19001626

網址：love.doghouse.com.tw　E-mail：love@doghouse.com.tw